目錄

U0065250

發音篇　韓語40音

1 讀一讀，寫一寫。

母音／子音	ㅏ	ㅓ	ㅗ	ㅜ	ㅡ	ㅣ
ㅇ	ㅇ+ㅏ=아	ㅇ+ㅓ=어	ㅇ+ㅗ=오	ㅇ+ㅜ=우	ㅇ+ㅡ=으	ㅇ+ㅣ=이
	아	어	오	우	으	이

母音／子音	ㅑ	ㅕ	ㅛ	ㅠ
ㅇ	ㅇ+ㅑ=야	ㅇ+ㅕ=여	ㅇ+ㅛ=요	ㅇ+ㅠ=유
	야	여	요	유

5 五	小黃瓜	小孩	牛奶	狐狸
오	오이	아이	우유	여우

2 讀一讀，寫一寫。

母音 子音	ㅏ		ㅓ		ㅗ		ㅜ		ㅡ		ㅣ	
ㅇ	아		어		오		우		으		이	
ㄴ	나		너		노		누		느		니	
ㅁ	마		머		모		무		므		미	
ㄹ	라		러		로		루		르		리	
ㅎ	하		허		호		후		흐		히	
ㅂ	바		버		보		부		브		비	
ㄷ	다		더		도		두		드		디	
ㄱ	가		거		고		구		그		기	
ㅈ	자		저		조		주		즈		지	
ㅅ	사		서		소		수		스		시	

3 看圖填空。

	나			주				디			야	

4 讀一讀，寫一寫。

母音〴子音	ㅏ		ㅓ		ㅗ		ㅜ		ㅡ		ㅣ	
ㄲ	까		꺼		꼬		꾸		끄		끼	
ㄸ	따		떠		또		뚜		뜨		띠	
ㅃ	빠		뻐		뽀		뿌		쁘		삐	
ㅆ	싸		써		쏘		쑤		쓰		씨	
ㅉ	짜		쩌		쪼		쭈		쯔		찌	
ㅋ	카		커		코		쿠		크		키	
ㅌ	타		터		토		투		트		티	
ㅍ	파		퍼		포		푸		프		피	
ㅊ	차		처		초		추		츠		치	

5 看圖填空。

6 讀一讀，寫一寫。

母音 / 子音	ㅐ			ㅔ			ㅒ			ㅖ		
	애			에			얘			예		
	ㅘ			ㅚ			ㅙ					
ㅇ	와			외			왜					
	ㅞ			ㅝ			ㅟ			ㅢ		
	웨			워			위			의		

7 連連看，寫寫看。

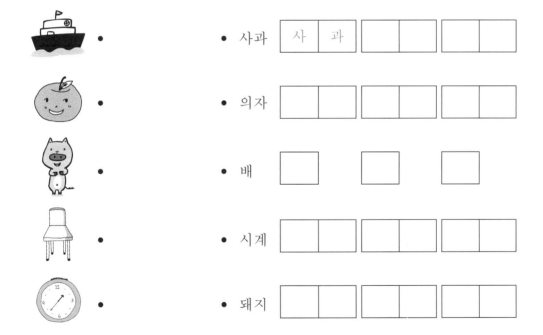

사과	사	과				
의자						
배						
시계						
돼지						

─ 005 ─

8 連連看，寫寫看。

•　　　• 신발　| | | | | | |

•　　　• 한국　| | | | | | |

•　　　• 닭　| | | | | |

•　　　• 비행기　| | | | | | | |

•　　　• 집　| | | | | |

9 讀一讀，寫一寫。

銅盤烤肉	韓國泡菜鍋（辛奇鍋）	人參雞湯	石鍋拌飯
불고기	김치찌개	삼계탕	돌솥비빔밥

10 讀一讀，寫一寫。

（接電話時）喂？				
여	보	세	요	？

多少錢？			
얼	마	예	요	？

我愛你。			
사	랑	해	요	.

你好！				
안	녕	하	세	요	？

11 讀完教科書第26頁後，使用下列所提供的詞語造句看看。

1) 친구가 / 먹습니다 / 밥을 　（朋友 / 吃 / 飯）

→

朋友吃飯。

2) 학교에 / 오빠가 / 갑니다 　（學校 / 哥哥 / 去）

→

哥哥去學校。

3) 삽니다 / 슈퍼에서 / 우유를 　（買 / 在超市 / 牛奶）

→

在超市買牛奶。

第一課　저는 대만 사람입니다.（我是台灣人。）

1 填填看：從下列的句子中選出正確的填入空格。

미안해요.　　안녕하세요?　　감사합니다.　　아니에요. 안녕히 계세요.　네, 잘 지냈어요.　만나서 반갑습니다.

1) A : 안녕하세요?

　 B : _____

2) A : 고마워요.

　 B : _____

3) A : 그동안 잘 지냈어요?

　 B : _____

4)

괜찮아요.

5)

안녕히 가세요.

6)

축하합니다.

7)

처음뵙겠습니다.

2 依範例，請選出正確的助詞。

【例】 저 (은 / ⓛ는) 진미혜입니다.

1) 오빠 (은 / 는) 공무원입니다.

2) 선생님 (은 / 는) 한국 사람입니다.

3) 윤지 씨 (은 / 는) 대학생입니다.

4) 이것 (은 / 는) 제 가방입니다.

5) 중국 사람 (이 / 가) 아닙니다.

6) 가정주부 (이 / 가) 아닙니다.

7) 취미 (이 / 가) 무엇입니까?

8) 직업 (이 / 가) 무엇입니까?

3 問答題：依照下列圖示造句。

1)

A : 이름이 무엇입니까?

B : _____ .

2)

A : _____ ?

B : 프랑스 사람입니다.

3)

A : 직업이 무엇입니까?

B : _____ .

4)

A : 이것이 무엇입니까?

B : _____ .

第一課

4 問答題：依照下列圖示造句。

1)

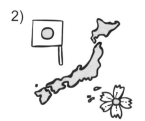

A : 영어입니까?

B : 아니요, _____ 아닙니다. _____입니다.

2)

A : 미국입니까?

B : _____ .

3)

A : 간호사입니까?

B : _____ .

4)

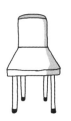

A : 선생님은 여자입니까?

B : _____ .

5)

A : 이것은 책상입니까?

B : _____ .

6)

A : 여기는 회사입니까?

B : _____ .

5 連連看。

어느 나라 사람입니까?　●　　　　　●　저도 만나서 반갑습니다.

미국 사람입니까?　●　　　　　●　아, 그래요? 저도 대학생입니다.

만나서 반갑습니다.　●　　　　　●　호주 사람입니다.

저는 대학생입니다.　●　　　　　●　아니요, 영국 사람입니다.

직업이 무엇입니까?　●　　　　　●　저는 한국어 선생님입니다.

6 依範例，幫圖案中的人物填寫自我介紹。

【例】

송혜교

國籍：韓國 / 職業：演員

	안	녕	하	세	요	?		처	음		뵙	겠	습
니	다	.		저	는		송	혜	교	입	니	다	.		한
국		사	람	입	니	다	.		배	우	입	니	다	.
만	나	서		반	갑	습	니	다	.					

이치로

國籍：日本 / 職業：警察

自我介紹

第二課　이것은 무엇입니까?（這是什麼？）

1 填填看：家人稱呼。

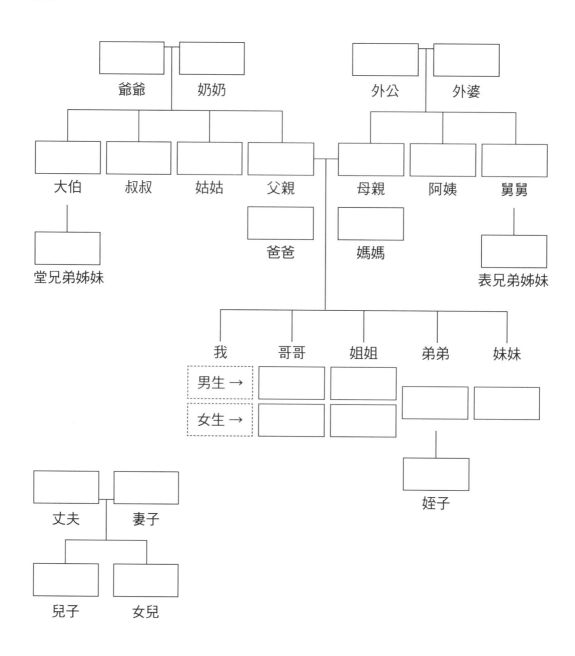

2 依照下列全家福，回答問句。

고현철　고다영　고현빈　고민영　박지연
55살　　22살　　20살　　19살　　51살

※살：歲

1) A : 고현철 씨는 딸이 있습니까?

   B : _____ .

2) A : 고민영 씨는 남동생이 있습니까?

   B : _____ .

3) A : 고민영 씨의 언니는 누구입니까?

   B : _____ .

4) A : 누가 박지연 씨의 남편입니까?

   B : _____ .

5) A : 모자는 누구의 것입니까?

   B : _____ .

6) A : 카메라는 누구의 것입니까?

   B : _____ .

7) A : 안경은 고현철 씨의 것입니까?

   B : _____ .

8) A : 우산은 고다영 씨의 것입니까?

   B : _____ .

3 翻譯練習。

1) A：誰是美國人？ → _____

　　B：我是美國人。 → _____

　　　（「是我」的口氣）

2) A：這個人是誰的男朋友？ → _____

　　B：是我的男朋友。 → _____

4 依照下列圖案，回答問句。

1)

A：공책이 있습니까?

B：_____ .

A：연필도 있습니까?

B：_____ .

2)

A：노트북이 있습니까?

B：_____ .

A：핸드폰도 있습니까?

B：_____ .

3)

A：텔레비전이 있습니까?

B：_____ .

A：냉장고도 없습니까?

B：_____ .

4)

A：돈이 있습니까?

B：_____ .

A：신용카드도 없습니까?

B：_____ .

5 依照下列圖案，完成對話。

1)

① A : ＿＿＿＿＿이 무엇입니까?

B : 사과입니다.

② A : 사과는 어디에 있습니까?

B : ＿＿＿＿＿＿＿＿＿＿＿＿＿＿＿＿＿ .

2)

① A : ＿＿＿＿＿이 무엇입니까?

B : 열쇠입니다.

② A : 열쇠는 어디에 있습니까?

B : ＿＿＿＿＿＿＿＿＿＿＿＿＿＿＿＿＿ .

3)

① A : ＿＿＿＿＿이 무엇입니까?

B : 신발입니다.

② A : 신발은 어디에 있습니까?

B : ＿＿＿＿＿＿＿＿＿＿＿＿＿＿＿＿＿ .

4)

① A : ＿＿＿＿＿이 우유입니까?

B : 이것이 우유입니다.

② A : 우유는 어디에 있습니까?

B : ＿＿＿＿＿＿＿＿＿＿＿＿＿＿＿＿＿ .

6 翻譯練習。

A：小狗在哪裡？ → ＿＿＿＿＿＿＿＿＿＿＿＿＿＿＿＿＿＿＿＿＿

B：在我後面。 → ＿＿＿＿＿＿＿＿＿＿＿＿＿＿＿＿＿＿＿＿＿

7 看圖填空。

여기는 우리 집 부엌입니다.

저는 지금 식탁 ① [   ]에 있습니다.

식탁 ② [   ]에는 빵 ③ [   ] 가방 ④ [   ] 신문 ⑤ [   ] 있습니다.

가방은 빵 ⑥ [   ] 신문 ⑦ [   ]에 있습니다.

식탁 ⑧ [   ]에는 의자도 있습니다.

의자 ⑨ [   ]에는 강아지 ⑩ [   ] 있습니다. 고양이는 ⑪ [   ].

냉장고 ⑫ [   ]에는 사과 ⑬ [   ] 있습니다. 바나나 ⑭ [   ] 있습니다.

달력은 창문 ⑮ [   ]에 있습니다.

창문 ⑯ [   ]에는 나무가 있습니다.

8 畫出自己的房間，向老師或同學介紹房間裡有什麼。

第三課 　오늘이 몇 월 며칠입니까? (今天是幾月幾日?)

1 將以下的數字用韓文寫寫看。

1) 13： _____

2) 27： _____

3) 158： _____

4) 649： _____

5) 502： _____

6) 1,640： _____

7) 9,800： _____

8) 10,050： _____

9) 731,000： _____

10) 39,480,000： _____

11) 사무실은 11층입니다. 　　　　　→ _____

12) 동생 방은 2층에 있습니다. 　　　→ _____

13) 제 생일은 5월 30일입니다. 　　　→ _____

14) 언니의 결혼식은 10월 10일입니다. → _____

15) 한국어 수업이 6월 16일에 있습니다.→ _____

16) 오늘은 2018년 3월 4일입니다. 　　→ _____

17) 우리 교실은 704호입니다. 　　　　→ _____

18) 이 가방은 109,000원입니다. 　　　→ _____

2 依照下列單字之間的關係填空。

1) 월요일 → 화요일 → 수요일 → ☐ → ☐ → 토요일 → ☐

2) 새벽 → ☐ → 섬심 → ☐ → 밤

3) 오전 ←→ ☐

4) ☐ → 오늘 → ☐

5) 작년 → ☐ → 내년

3 依照下列月曆填空。

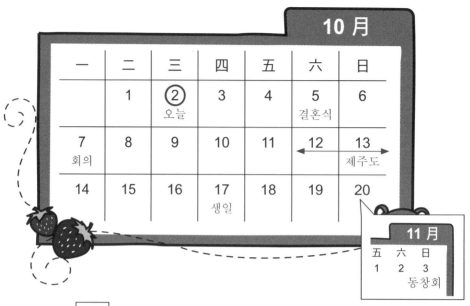

1) 오늘은 ☐ 요일입니다.

2) ☐ 은 시월 삼 일입니다.

3) ☐ 토요일에 결혼식에 갑니다.

4) ☐ 월요일에 회의가 있습니다.

5) ☐ 목요일은 제 생일입니다.

6) 다음 ☐ 에 제주도에 갑니다.

7) 동창회는 다음 ☐ 입니다.

4 下列每句都有錯誤，請改錯。

1) 이번 주에 토요일에 놀이공원에 갑니다. → _____

2) 언제에 한국에 갑니까? → _____

3) 오늘이 몇 요일입니까? → _____

5 依照下列月曆，回答問句。（回答句子裡出現的數字，用韓文寫寫看）

5月

一	二	三	四	五	六	日
			① 오늘	2	3	4
5 어린이날	6	7 한국어 수업	8	9	10 도서관	11
12	13 시험	14	15	16	17	18 동생 생일

1) A : 오늘은 몇 월 며칠입니까?

   B : _____ .

2) A : 내일은 무슨 요일입니까?

   B : _____ .

3) A : 오월 오 일은 무슨 날입니까?

   B : _____ .

4) A : 시험이 언제입니까?

   B : _____ .

5) A : 한국어 수업은 무슨 요일에 있습니까?

   B : _____ .

6) A : 언제 도서관에 갑니까?

   B : _____ .

7) A : 다다음 주 일요일은 누구의 생일입니까?

   B : _____ .

6 翻譯練習。

1) 你的手機號碼是幾號？ → _____

2) 教室在幾樓？ → _____

3) 你是大學幾年級？ → _____

4) 你的身高是多少？ → _____

7 看圖填空。

1)

	교

교	

	체

2)

 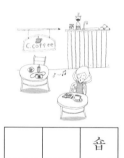 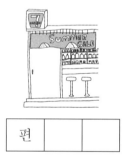

	당

		숍

편		

3)

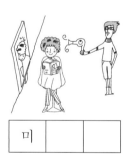  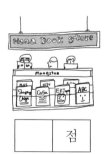

미		

호	

	점

8 依照下列圖案，完成對話。

1)
① A : 어디에 갑니까?

B : _____ .

② A : _____ .

B : 남자 친구하고 같이 갑니다.

2)
morning

① A : 어디에 갑니까?

B : _____ .

② A : 언제 갑니까?

B : _____ .

3)
① A : 어디에 갑니까?

B : _____ .

② A : 혼자 갑니까?

B : _____ .

4)
tomorrow

① A : 어디에 갑니까?

B : _____ .

② A : 언제 갑니까?

B : _____ .

9 畫出這個月的行事曆，寫寫看自己的行程。

_____

_____

_____

第四課　식당에서 저녁을 먹습니다.（在餐廳吃晚飯。）

1 將以下動詞的原型填上中文意思，並改成正式的說法（肯定句與否定句）。

	動詞原型	中文意思	正式肯定	正式否定
1	가다	去	갑니다	안 갑니다
2	오다			
3	자다			
4	일어나다			
5	쉬다			
6	먹다			
7	마시다			
8	읽다			
9	보다			
10	만나다			
11	사다			
12	배우다			
13	가르치다			
14	쓰다			
15	듣다			
16	입다			
17	씻다			
18	하다			
19	식사하다			
20	공부하다			
21	숙제하다			
22	일하다			
23	출근하다			
24	퇴근하다			

	動詞原型	中文意思	正式肯定	正式否定
25	운동하다			
26	요리하다			
27	청소하다			
28	빨래하다			
29	목욕하다			
30	말하다			
31	이야기하다			
32	전화하다			
33	노래하다			
34	쇼핑하다			

2 將左邊的受詞與右邊的動詞連連看，並依範例造句。

1) 친구 ●————————● 만나다 → 친구를 만납니다._____

2) 차 ●   ● 먹다 → _____

3) 신문 ●   ● 보다 → _____

4) 아침 ●   ● 마시다 → _____

5) 음악 ●   ● 읽다 → _____

6) 영화 ●   ● 입다 → _____

7) 편지 ●   ● 듣다 → _____

8) 옷 ●   ● 쓰다 → _____

3 依範例，請選出正確的助詞。

【例】 학원 (에 /에서) 한국어를 배웁니다.

1) 언제 우체국 (에 / 에서) 갑니까?

2) 언니는 지금 어디 (에 / 에서) 있습니까?

3) 어디 (에 / 에서) 저녁을 먹습니까?

4) 저는 컴퓨터 회사 (에 / 에서) 일합니다.

5) 가방 안 (에 / 에서) 지갑이 없습니다.

6) 공항 (에 / 에서) 누구하고 만납니까?

7) 주말에 친구가 우리 집 (에 / 에서) 옵니다.

8) 옷 가게 (에 / 에서) 바지를 삽니다.

4 依範例，請選出正確的助詞。

【例】 저는 오빠 (와/ 과) 동생이 있습니다.

1) 책상 위에 볼펜 (와 / 과) 공책이 있습니다.

2) 슈퍼마켓에서 고기 (와 / 과) 야채를 삽니다.

3) 지금 누구 (와 / 과) 같이 식사를 합니까?

4) 금요일 저녁에 친구들 (와 / 과) 노래방에 갑니다.

5 下列每句都有錯誤，請改錯。

1) 오늘은 안 일합니다. 쉽니다. → _____

2) 저는 고기를 좋아 안 합니다. → _____

3) 교실에는 선생님와 학생이 있습니다. → _____

4) 연아 씨는 스케이트를 자주 합니다. → _____

6 依照下列圖案，回答問句。

1)

A : 지금 무엇을 합니까?

B : ＿＿＿＿＿＿＿＿＿＿＿＿＿＿＿＿＿ .

2)

A : 지금 집에서 무엇을 합니까?

B : ＿＿＿＿＿＿＿＿＿＿＿＿＿＿ .

3)

A : 지금 어디에서 무엇을 합니까?

B : ＿＿＿＿＿＿＿＿＿＿＿＿＿＿ .

4)

A : 아침에 빵을 먹습니까?

B : 아니요, 빵을 안 ＿＿＿＿＿. ＿＿＿ 먹습니다.

5)

A : 주말에 쇼핑합니까?

B : ＿＿＿＿＿＿＿＿＿＿＿＿＿＿＿＿＿＿＿＿ .

6)

A : 미혜 씨는 지금 노래합니까?

B : ＿＿＿＿＿＿＿＿＿＿＿＿＿＿＿＿＿＿ .

7 依照下列圖案，回答問句。

1) A：엄마는 어디에서 무엇을 합니까?

   B：_____.

2) A：아빠는 어디에서 무엇을 합니까?

   B：_____.

3) A：언니는 어디에서 무엇을 합니까?

   B：_____.

4) A：저는 어디에서 무엇을 합니까?

   B：_____.

5) A：오빠도 집에 있습니까?

   B：_____.

8 自己的家人正在做什麼，寫寫看。

_____

_____

1 從下列選出適當的助詞填入空格。（可複選）

이/가	은/는	을/를	의	도
에	에서	하고	와/과	만

1) 안녕하세요？ 제 이름___ 김다영입니다. 저___ 대학생입니다.

2) 이정우 씨는 한국 사람입니다. 진미혜 씨___ 한국 사람입니까？

3) 이 사람은 제 남자 친구___ 아닙니다.

4) 그 가방은 누구___ 것입니까？

5) 언니는 지금 어디___ 있습니까？

6) 안경은 책상 위___ 없습니다. 가방 안___ 있습니다.

7) 내일 아침___ 회의___ 있습니다.

8) 지금 식당___ 무엇___ 먹습니까？

9) 저___ 한국 드라마___ 좋아합니다.

10) 친구___ 지금 학교 운동장___ 운동___ 합니다.

11) 시장___ 과일___ 야채___ 삽니다.

12) 학원에서 한국어___ 배웁니다. 영어와 일본어___ 안 배웁니다.

13) 한국___ 누구___ 같이 갑니까？

2 選出正確的答案。

1) A : _____학교에 갑니까？
   B : 아침에 학교에 갑니다.
   ① 몇   ② 어디   ③ 언제   ④ 누구

2) A : 이거_____입니까？
   B : 7,000원입니다.
   ① 어디   ② 얼마   ③ 무엇   ④ 누구

3) A : _____혜영 씨의 아들입니까?

B : 이 아이가 혜영 씨의 아들입니다.

① 누구　　② 누구가　　③ 누구를　　④ 누가

4) A : _____운동을 좋아합니까?

B : 야구를 좋아합니다.

①무슨　　② 무엇　　③ 얼마　　④ 어디

5) A : _____나라 사람입니까?

B : 대만 사람입니다.

① 무슨　　② 어디　　③ 어느　　④ 누구

6) A : _____이/가 무엇입니까?

B : 영화 감상입니다.

① 이름　　② 취미　　③ 직업　　④ 가족

3 選出單字之間關係不同的組合。

1) ① 과일 — 사과　　　　② 음악 — 노래방

③ 운동 — 수영　　　　④ 책 — 소설

2) ① 왼쪽 — 오른쪽　　　② 위 — 아래

③ 옆 — 사이　　　　　④ 앞 — 뒤

3) ① 식당 — 먹다　　　　② 회사 — 일하다

③ 극장 — 보다　　　　④ 슈퍼 — 자다

4 選出正確的答案。

1) A : 안녕하세요? 처음뵙겠습니다. 저는 박시원입니다.

B : 안녕하세요? 저는 김다영입니다._____ .

① 오랜만이에요　　　　　　② 감사합니다

③ 만나서 반갑습니다　　　　④ 괜찮아요

2) A : 가방이 어디에 있습니까?

B : _____ .

① 네, 있습니다　　　　　　② 아니요, 없습니다

③ 핸드폰하고 지갑이 있습니다　④ 책상 아래에 있습니다

3) A : _____ ?

   B : 목요일입니다.

   ① 무슨 날입니까　　　　　② 무슨 요일입니까
   ③ 언제입니까　　　　　　④ 몇 월 며칠입니까

4) A : 전화번호가_____ ?

   B : 2948-3715입니다.

   ① 몇 번입니까　　　　　　② 몇 호입니까
   ③ 몇 층입니까　　　　　　④ 몇 학년입니까

5) A : 동생은 지금 무엇을 합니까?

   B : _____ .

   ① 방에 있습니다　　　　　② 한국 드라마를 좋아합니다
   ③ 네, 학교에 갑니다　　　④ 음악을 듣습니다

6) A : 호동 씨는 내일도 운동을 합니까?

   B : _____ .

   ① 네, 다음 주에 합니다　　② 아니요, 운동을 안 합니다
   ③ 네, 운동을 자주 합니다　④ 아니요, 안 운동을 합니다

【複習題目】第一課～第四課

5 選出有錯誤的句子。

1) ① 저는 대학생입니다.
   ② 토모코 씨는 한국 사람이 아닙니다. 일본 사람입니다.
   ③ 친구는 지금 서점에서 있습니다.
   ④ 오늘은 시월 십오 일입니다.

2) ① 내일에 회의가 있습니다.
   ② 다음 달에 친구와 한국에 갑니다.
   ③ 시원 씨는 스키를 자주 탑니다.
   ④ 저는 야채를 안 좋아합니다.

6 完成對話中的空白。

1) A：취미가 무엇입니까?

B：_____ .

A：아, 그래요? 무슨 영화를_____?

B：코미디 영화를 좋아합니다.

2) A：다영 씨, 지금_____?

B：서점에 있습니다.

A：서점에서_____?

B：소설책하고 잡지를 삽니다.

3) A：이 책은_____?

B：정우 씨의 것입니다.

A：그럼 이 사전도 정우 씨의 것입니까?

B：아니요, 이 사전은_____. 제 것입니다.

7 翻譯練習。

1) 你好！我叫陳美惠。 → _____

2) 你是哪國人？ → _____

3) 我是台灣人。 → _____

4) 很高興認識你。 → _____

5) 你是學生嗎？ → _____

6) 不，我不是學生。我是上班族。 → _____

7) 再見！（留著的人要講的話） → _____

8) 再見！（離開的人要講的話） → _____

9) 謝謝。 → _____

10) 不客氣。 → _____

11) 對不起。 → _____

12) 沒關係。 → _____

13) 這是什麼？ → _____

14) 這本書是誰的？ → _____

15) 包包裡有什麼？ → _____

16) 有手機和錢包。 → _____

17) 字典在哪裡？ → _____

18) 字典在書桌上。 → _____

19) 這個人是誰？ → _____

20) 那個人是哥哥的女朋友。 → _____

21) 你現在去哪裡？ → _____

22) 我去學校。 → _____

23) 今天幾月幾日？ → _____

24) 多少錢？ → _____

25) 辦公室在幾樓？ → _____

26) 手機號碼幾號？ → _____

27) 你的生日是什麼時候？ → _____

28) 生日快樂！ → _____

29) 我的興趣是聽音樂。 → _____

30) 你喜歡什麼運動？ → _____

31) 我只喜歡游泳，不喜歡其他運動。 → _____

32) 你常聽什麼音樂？ → _____

33) 你現在做什麼？ → _____

34) 我在餐廳吃晚飯。 → _____

35) 很好吃。 → _____

십자말 풀이 (填字遊戲)

1		3			5				8	
2				4		6		7		
	10			11				9		
				12						
14		13				20			22	
						21				
15		17								
	18							24	25	
16				23						
	19							26		

가로 열쇠 (橫的提示)

2) 廚師
4) 韓語
7) 小狗
9) 雜誌
10) 信用卡
12) 收音機
13) 媽媽
15) 餐廳
16) 蔬菜、青菜
18) 電影院
19) 飯店
21) 聖誕節
23) 電腦
24) 興趣
26) 公園

세로 열쇠 (直的提示)

1) 星期六
3) 公司
5) 美國
6) 哪裡
8) 爺爺
10) 鞋子
11) 電視劇
14) 結婚典禮
16) 棒球
17) 電話號碼
20) 電梯
22) 果汁
25) 美容院

第五課　주말에 보통 뭐 해요?
（你週末通常都做什麼？）

1 將以下動詞與形容詞的原型改成口語的說法。

	原型	口語的說法		原型	口語的說法
1	가다	가요	25	운동하다	
2	오다		26	요리하다	
3	자다		27	청소하다	
4	일어나다		28	빨래하다	
5	쉬다		29	목욕하다	
6	먹다		30	말하다	
7	마시다		31	이야기하다	
8	읽다		32	전화하다	
9	보다		33	노래하다	
10	만나다		34	쇼핑하다	
11	사다		35	앉다	
12	배우다		36	살다	
13	가르치다		37	만들다	
14	쓰다		38	받다	
15	듣다	（例外）들어요	39	놀다	
16	입다		40	주다	
17	씻다		41	（춤을）추다	
18	하다		42	（담배를）피우다	
19	식사하다		43	사귀다	
20	공부하다		44	헤어지다	
21	숙제하다		45	결혼하다	
22	일하다		46	약혼하다	
23	출근하다		47	이혼하다	
24	퇴근하다		48	외출하다	

	原型	口語的說法		原型	口語的說法
49	비싸다		54	바쁘다	
50	많다		55	예쁘다	
51	좋다		56	기쁘다	
52	나쁘다		57	슬프다	
53	아프다				

2 依範例，請用下方提供的單字，用口語的說法造句看看。

【例】도서관 / 책 / 읽다 → 도서관에서 책을 읽어요.

1) 방 / 텔레비전 / 보다 → _____

2) 백화점 / 선물 / 사다 → _____

3) 학원 / 영어 / 가르치다 → _____

4) 부엌 / 김치 / 만들다 → _____

5) 커피숍 / 친구 / 만나다 → _____

6) 화장실 / 손 / 씻다 → _____

7) 공원 / 담배 / 피우다 → _____

8) 할아버지댁 / 저녁 / 먹다 → _____

9) 식당 / 친구 / 같이 / 식사하다 → _____

10) 편의점 / 신문 / 음료수 / 사다 → _____

3 依範例，請將下列的句子，全部改成口語的說法。

【例】 제 이름은 진미혜입니다. → 제 이름은 진미혜예요.

1) 얼마입니까? → _____

2) 이름이 무엇입니까? → _____

3) 이 안경은 누구의 것입니까? → _____

4) 이것은 제 카메라가 아닙니다. → _____

5) 생일 축하합니다. → _____

6) 지금 어디에 갑니까? → _____

7) 오빠는 지금 집에 없습니다. → _____

8) 책상 위에 노트와 연필이 있습니다. → _____

9) 혜교 씨는 지금 무엇을 합니까? → _____

10) 저는 소고기를 안 먹습니다. → _____

4 填填看：從下列的動詞原型中選出正確的，並用句型「～고 싶다」造句看看。

가르치다	먹다	결혼하다	배우다
쇼핑하다	가다	헤어지다	마시다

1) 녹차를 좋아해요. → 녹차를 _____고 싶어요.

2) 옷이 없어요. → 백화점에서 _____

3) 한국말을 몰라요. → 한국말을 _____

4) 한국 가수를 좋아해요. → 한국 가수 콘서트에 _____

5) 남자 친구를 많이 사랑해요. → 남자 친구랑 _____

5 依照下列圖案，完成對話。

1)

A：사과를 먹어요?

B：아니요, 사과를 _____ 먹어요 .

(= 사과를 먹_____ .)

바나나를 먹어요.

2)

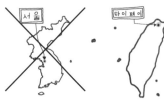

A：서울에 살아요?

B：아니요, 서울에 _____ .

(= 서울에 _____ .)

타이페이에 _____ .

3)

A：기분이 좋아요?

B：아니요, _____ .

(= _____ .)

_____ ..

4)

A：휴가 때 산에 가고 싶어요?

B：아니요, 산에 가고 싶_____ .

(= 산에 가기 _____ .)

_____ .

5)

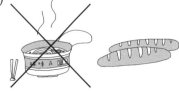

A：점심에 라면을 먹고 싶어요?

B：아니요, _____ .

(= _____ .)

_____ .

6 翻譯練習。（請翻譯為口語的說法）

1) 我什麼都不想做。 → _____

2) 我什麼都不想吃。 → _____

7 連連看。

1) 이게 사과예요? 배예요? ●　　　　　● 아니요, 없어요.

2) 저거 사과예요? ●　　　　　● 아니요, 사과가 아니에요.

3) 남자 친구 있어요? ●　　　　　● 배예요.

4) 지금 물을 마셔요? ●　　　　　● 아니요, 몰라요.

5) 커피 마시고 싶어요? ●　　　　　● 아니요, 마시지 않아요.

6) 미혜 씨 전화번호 알아요? ●　　● 네, 맞아요.

7) 사무실이 3층 맞아요? ●　　　　　● 아니요, 마시고 싶지 않아요.

8 지금 한국 돈 100억이 있어요. 뭐 하고 싶어요?
如果你有韓幣一百億想做什麼呢？寫寫看。

_____

_____

_____

_____

9 將教科書第一課至第四課會話內容全改成口語說法，再度練習看看。
教科書：36頁，37頁 / 50頁，51頁 / 64頁，65頁 / 78頁，79頁。

第六課　사과 한 개에 1,000원이에요.
（一顆蘋果一千元。）

1 依範例，看圖寫出以下的時間。

1)

한 시 십 분

2)

_____

3)

_____

4)

_____

5)

_____

6)

_____
＝_____

7)

_____
＝_____

8)

_____
＝_____

9)

_____
＝_____

2 翻譯練習。

1) 早上九點到十點半有英文課。 → _____

2) 下午五點到晚上十一點在網咖打工。 → _____

3 依範例，看圖將東西和數量寫出。

1)

사과 두 개

2)

_____

3)

_____

4)

_____

5)

_____

6)

_____

7)

_____

8)

_____

9)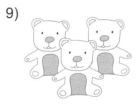

_____

4 翻譯練習。

1) 請給我一個三明治。 → _____

2) 請給我一顆蘋果和三顆橘子。 → _____

3) 我今年二十二歲。 → _____

4) 這雙襪子多少錢？ → _____

5) 這款相機，一台六十五萬元。 → _____

5 完成對話。

1)

A : 지금 _____?

B : 두 시 반이에요.

2) A : 가족이 _____?

B : 부모님, 누나, 저 해서 모두 네 명이에요.

3) A : 누나는 _____?

B : 스무 살이에요.

4) A : _____?

B : 호랑이띠예요.

5)

A : 책상 위에 노트가 _____?

B : 세 권 있어요.

6) A : 보통 하루에 _____?

B : 여덟 시간 자요.

7) A : _____?

B : 밤 열한 시부터 아침 일곱 시까지 자요.

11:00 PM → 7:00 AM

6 填填看：從下列的單字中選出正確的填空。

| 매일 | 매주 | 매달 | 매년 | |
| 항상 | 자주 | 가끔 | 거의 안 | 전혀 안 |

1) 한 달에 두 번 정도 영화를 봐요. → 저는 영화를 _____ 봐요.

2) 오늘도 컴퓨터 게임을 해요. 내일도 컴퓨터 게임을 해요. 모레도 컴퓨터 게임을 해요. → 저는 _____ 컴퓨터 게임을 해요.

3) 9월 1일에 백화점에 가요. 9월 8일에도 백화점에 가요. 9월 15일에도 백화점에 가요. → 저는 _____ 백화점에 가요.

4) 월요일에 술을 마셔요. 화요일에도 술을 마셔요. 목요일에도 술을 마셔요.

   주말에도 술을 마셔요. → 저는 술을 _____ 마셔요.

5) 저는 운동을 안 좋아해요. 그래서 운동을 하지 않아요.

   → 저는 운동을 _____ 해요.

7 依照下列圖，回答問句。（回答句子裡出現的數字，用韓文寫寫看）

소영 씨의 하루

＜AM＞

7:30~8:00

아침 식사

9:00~12:00 회사

＜PM＞

12:00~1:00

점심시간 午休時間

1:10~2:40 회의

6:00 퇴근

6:30~8:00

한국어 수업

8:30~10:00

친구와 식사

10:30~11:30 TV

1) A : 몇 시부터 몇 시까지 아침 식사를 해요?

   B : _____.

2) A : 몇 시까지 출근을 해요?

   B : _____.

3) A : 점심시간은 몇 시부터 몇 시까지예요?

   B : _____.

4) A : 몇 시부터 회의를 해요?

   B : _____.

5) A : 한국어 수업은 몇 시에 시작해요?

   B : _____.

6) A : 저녁은 몇 시까지 먹어요?

   B : _____.

7) A : 하루에 텔레비전을 몇 시간 봐요?

   B : _____.

8 畫出自己的作息表，介紹看看。

_____

_____

第七課　친구에게 생일 선물을 줘요.
（送朋友生日禮物。）

1 依照下列圖案，回答問句。

1)

A：지금 뭐 하고 있어요?

B：_____ .

2)

A：지금 무슨 운동을 하고 있어요?

B：_____ .

3)

A：지금 커피를 마시고 있어요?

B：아니요, 커피를 마시고 _____.
　　_____ 마시고 있어요.

4)

A：지금 창문을 열고 있어요?

B：아니요, _____ .
　　_____ .

5)

동건 씨　소영 씨

A：지금 누가 누구에게 선물을 주고 있어요?

B：_____ .

2 依範例，看圖案並用下列提供的單字造句看看。

1)

지훈 씨 / 여자 친구 / 꽃

→ 지훈 씨가 여자 친구에게 꽃을 줘요.

2)

선생님 / 학생 / 책

→ _____

3)

나경 씨 / 친구 / 전화

→ _____

4)

오빠 / 여자 친구 / 편지

→ _____

5)

저 / 회사동료 / 이메일

→ _____.

3 翻譯練習。

1) 從上星期開始在旅行社打工。 → _____

2) 一個星期一次教弟弟英文。 → _____

4 依範例，看圖案造句看看。

1)

여기에서는 음식을 먹지 마세요.

2)

여기에서는 _____

3)

_____

4)

_____

5 翻譯練習。

1) （買東西、點菜時）請給我這個。 → _____

2) 請把窗戶關起來。 → _____

3) 請您多吃一點。 → _____

4) 祝您健康。 → _____

6 將以下形容詞的原型填上中文意思，並改成正式與口語的說法。

	原型	中文意思	正式肯定	口語說法
1	비싸다	貴	비쌉니다	비싸요
2	싸다			
3	맛있다			
4	맛없다			
5	재미있다			
6	재미없다			
7	크다			
8	작다			
9	많다			

10	적다			
11	길다		（例外）깁니다	
12	짧다			
13	높다			
14	낮다			
15	넓다			
16	좁다			
17	멀다		（例外）멉니다	
18	가깝다			
19	어렵다			
20	쉽다			
21	시끄럽다			
22	조용하다			
23	춥다			
24	덥다			
25	시원하다			
26	따뜻하다			
27	뜨겁다			
28	차갑다			
29	맵다			
30	싱겁다			
31	무겁다			
32	가볍다			
33	더럽다			
34	깨끗하다			
35	아름답다			
36	귀엽다			
37	반갑다			

7 下列每句都有錯誤，請改錯。

1) 저는 한국 노래를 좋아요. → _____

2) 오늘 날씨가 너무 덥어요. → _____

3) 이 사과는 한 개에 500원이에요. 전혀 비싸요. → _____

8 填填看：從下列的句子中選出正確的填入空格。

깎지 마세요.	네, 팔아요.	모두 얼마예요?
잠시만 기다리세요.	좀 싸게 해 주세요.	어서 오세요.

주인 : 1) _____

손님 : 여기 사과하고 귤 팔아요?

주인 : 2) _____

손님 : 사과 다섯 개하고 귤 열 개 주세요.

주인 : 3) _____

　　　　　(잠시 후 : 過一會兒)

주인 : 여기 있어요.

손님 : 4) _____

주인 : 8,000원이에요.

손님 : 너무 비싸요. 5) _____

주인 : 안 돼요. 6) _____

9 和班上同學扮演買賣東西，練習韓語會話看看。

第八課　우리 영화 보러 갈까요?
（我們要不要去看電影呢？）

1 依範例，看圖並用下列提供的單字，造三種不同句子。

1)

【극장 / 가다 / 영화 / 보다】

→ 저는 지금 극장에 영화를 보러 가요.

→ 우리 내일 극장에 영화를 보러 갈까요?

→ 우리 내일 극장에 영화를 보러 갈래요?

2)

【옷 / 사다 / 백화점 / 가다】

→ 저는 지금 _____

→ 우리 내일 _____

→ 우리 내일 _____

3)

【편지 / 부치다 / 우체국 / 가다】

→ 저는 지금 _____

→ 우리 내일 _____

→ _____

4)

【파마 / 하다 / 미장원 / 가다】

→ 저는 지금 _____

→ 우리 내일 _____

→ _____

5)

【점심 / 먹다 / 중국집 / 가다】

→ _____

→ _____

→ _____

6)

【책 / 읽다 / 도서관 / 가다】

→ _____

→ _____

→ _____

7)

【놀다 / 호동 씨 집 / 가다】

→ _____

→ _____

→ _____

2 填填看：從下列選出正確的句子填入空格。

내일 봐요	미안해요	기다릴게요	식사할래요
어디에서 만날까요	몇 시에 만날까요	시간 있어요	

김종국 : 효리 씨, 저녁에 1) _____ ? 같이 2) _____ ?

이효리 : 3) _____ . 오늘은 약속이 있어요.

김종국 : 그럼 내일 저녁은요?

이효리 : 내일 저녁은 괜찮아요. 4) _____ ?

김종국 : 7시 어때요?

이효리 : 좋아요. 그럼 7시에 5) _____ ?

김종국 : 제가 효리 씨 회사 앞에서 6) _____ .

이효리 : 알았어요. 그럼 7) _____ .

3 翻譯練習。

1) 5시에 수업이 시작해요. 시간이 없어요. **我要先走了**。

　　　　　　　　　　　　　　　　→ _____

2) 너무 배고파요. **我要先吃了**。 → _____

3) 가방이 많이 무거워요? **我來幫你**。 → _____

4) 돈이 없어요? **我借你錢**。 → _____

5) 오늘이 생일이에요? **今天晚餐我請客**。 → _____

4 將以下形容詞的原型填上中文意思，並應用於各種句型。

	1) 받다	2) 닫다	3) 믿다
中文意思			
～아/어/해요			
～세요/으세요			
～러/으러 가요			
～ㄹ/을까요			
～ㄹ/을래요			
～ㄹ/을게요			

	4) 듣다	5) 걷다	6) 묻다
中文意思			
～아/어/해요			
～세요/으세요			
～러/으러 가요			
～ㄹ/을까요			
～ㄹ/을래요			
～ㄹ/을게요			

5 從49頁第四題裡的形容詞當中，選出恰當的單字並用下列提供的句型，完成句子。（可複選）

1) 저는 한국 노래를 자주 _____. (~아/어/해요)

2) 저는 불교를 _____. (~아/어/해요)   ※ 불교：佛教 / 기독교：基督教

3) 효리 씨, 우리 무슨 음악을 _____? (~ㄹ/을까요)

4) 호동 씨, 생일 축하해요. 제 선물 _____. (~세요/으세요)

5) 너무 추워요. 재석 씨, 창문 좀 _____. (~세요/으세요)

6 依範例，用下列提供的單字與連接詞尾「고」，回答問句。

1)

A : 정우 씨 여자 친구 어때요?

B : (예쁘다 / 날씬하다)

→ 예쁘고 날씬해요. _____

2)

A : 이 한국어 교재는 어때요?

B : (쉽다 / 재미있다)

→ _____

3)

A : 오늘 날씨가 어때요?

B : (비가 오다 / 춥다)

→ _____

4)

A : 돌솥비빔밥 맛이 어때요?

B : (맵지 않다 / 아주 맛있다)

→ _____

5) (저 / 대만 사람 / 이다 / 다영 씨 / 한국 사람 / 이다)

 → <u>저는 대만 사람이고 다영 씨는 한국 사람이에요.</u>

6) (형 / 의사 / 이다 / 동생 / 운동선수 / 이다)

 → _____

7) (언니 / 키 / 크다 / 저 / 키 / 작다)

 → _____

8) (종국 씨 / 노래 / 부르다 / 효리 씨 / 춤 / 추다)

 → _____

9) A : 보통 아침을 먹고 뭐 해요?

 B : (아침을 먹다 / 방을 청소하다)
 → <u>보통 아침을 먹고 방을 청소해요.</u>

10) A : 보통 퇴근하고 뭐 해요?

 B : (퇴근하다 / 남자 친구랑 데이트하다)
 → 보통 _____ .

> ※ 데이트(를) 하다
> : 和異性朋友約會

11) A : 보통 저녁을 먹고 뭐 해요?

 B : (저녁을 먹다 / 가족들하고 같이 텔레비전을 보다)
 → 보통 _____ .

12) A : 영화를 먼저 보고 식사하러 갈까요?

 B : (식사 먼저 하다 / 영화를 보러 가다)
 → 아니요, _____ .

7 和班上同學用本單元學過的句型，互相約對方。

【複習題目】第五課～第八課

1 從下列選出適當的量詞填入空格。

명	개	마리	잔	컵	장	권
벌	병	대	쌍	켤레	자루	송이

1) 저는 한국 친구가 세 ___ 있어요.

2) 운동장에 강아지 한 ___가 있어요.

3) 책상 위에 책 다섯 ___과 연필 한 ___가 있어요.

4) 여기요～ 커피 두 ___ 주세요.

5) 저는 아침마다 우유 한 ___을 마셔요.

6) 한복 한 ___을 사고 싶어요.

7) 백화점에서 구두 한 ___를 사요.

8) 우체국에 우표 열 ___을 사러 가요.

9) 슈퍼에서 사과 여섯 ___하고 콜라 두 ___을 사세요.

10) 여자 친구에게 장미꽃 스무 ___를 선물하고 싶어요.

11) 이 귀고리 한 ___에 얼마예요?

12) 이 카메라는 비싸요. 한 ___에 95만 원이에요.

2 選出正確的答案。

1) A : 오늘도 추워요?

B : _____ .

① 아니요, 오늘도 더워요　　② 아니요, 오늘도 춥지 않아요

③ 네, 오늘은 전혀 안 추워요　　④ 아니요, 오늘은 춥지 않아요

2) A : 호동 씨 전화번호 알아요?

B : 아니요, _____.

① 없어요　　② 몰라요

③ 안 알아요　　④ 알지 않아요

3) A : 백화점에 왜 가요?

   B : _____ .

   ① 친구 생일 선물을 사요　　② 친구 생일 선물을 사고 가요

   ③ 친구 생일 선물을 사러 가요　④ 친구 생일 선물을 살래요

4) A : 우리 점심에 뭐 먹을까요?

   B : _____ .

   ① 음...글쎄요　　　　　　　　② 알았어요

   ③ 김밥을 먹을게요　　　　　　④ 좋은 생각이에요

5) A : 오늘 저녁에_____ ㉠ _____? 같이 저녁 먹을래요?

   B : 미안해요. 오늘은 좀 바빠요.

   A : 그럼_____ ㉡ _____?

   B : 음...모레 어때요?

   ① ㉠ 바빠요　　　　㉡ 몇 시에 만날까요

   ② ㉠ 바빠요　　　　㉡ 어디에서 만날까요

   ③ ㉠ 시간 있어요　㉡ 몇 시에 만날까요

   ④ ㉠ 시간 있어요　㉡ 언제가 괜찮아요

6) A : 지금 밖에 비가 와요. _____ .

   B : 네, 알겠어요.

   ① 여기에 앉으세요　　　　　② 담배를 피우지 마세요

   ③ 우산을 가져가세요　　　　④ 늦지 마세요

7) A : _____ 남자 친구를 만나요?

   B : 두 번 정도 만나요.

   ① 자주　　　② 몇 번　　　③ 얼마나 자주　④ 일주일에 몇 번

8) 이 원피스는 치마도 너무 길고 좀 촌스러워요. _____ 마음에 안 들어요.

   ① 그래서　　② 그리고　　③ 그런데　　　④ 그렇지만

3 選出單字之間關係不同的組合。

1) ① 맛있다 — 맛없다　　② 쉽다 — 어렵다
　 ③ 많다 — 적다　　　　④ 기쁘다 — 나쁘다

2) ① 드라마 — 재미있다　② 가방 — 크다
　 ③ 키 — 높다　　　　　④ 날씨 — 따뜻하다

4 選出有錯誤的句子。

1) ① 기분이 나빠요.
　 ② 머리가 조금 아파요.
　 ③ 떡볶이가 너무 매워요.
　 ④ 교실이 아주 넓어요.

2) ① 한국어는 쉽고 재미없어요.
　 ② 저는 올해 스물네 살이에요.
　 ③ 친구에게 이메일을 보내요.
　 ④ 지금 집에 전화하세요.

5 選出符合上述內容的句子。

1)
> 저는 운동을 아주 좋아합니다. 매주 화요일마다 테니스를 치고
> 일주일에 두 번 정도 수영을 합니다. 주말에는 보통 친구들과
> 농구를 합니다.

　 ① 저는 매일 운동을 합니다.　　② 저는 운동을 자주 합니다.
　 ③ 저는 운동을 가끔 합니다.　　④ 저는 운동을 전혀 안 합니다.

2)
> 호동 씨　　　 : 아저씨, 이 핸드폰 얼마예요?
> 주인 아저씨 : 78만 원이에요.
> 호동 씨　　　 : 78만 원이요? 너무 비싸요. 좀 싸게 해 주세요. 네?

　 ① 이 핸드폰은 아주 쌉니다.
　 ② 호동 씨는 핸드폰을 사기 싫어합니다.
　 ③ 호동 씨는 지금 미장원에 있습니다.
　 ④ 호동 씨는 새 핸드폰을 사고 싶어합니다.

6 翻譯練習。（用口語的說法造句）

1) 你叫什麼名字？ → _____

2) 我不是韓國人。 → _____

3) 最近很忙嗎？ → _____

4) 不，不忙。 → _____

5) 你週末通常都做什麼？ → _____

6) 我每星期日去爬山。 → _____

7) 我想學韓文。 → _____

8) 這次連假時我想和朋友去國外旅行。 → _____

9) 要不要一起去？ → _____

10) 什麼都不想吃。 → _____

11) 上課是上午？還是下午？ → _____

12) 是真的嗎？ → _____

13) 現在幾點？ → _____

14) 通常幾點下班？ → _____

15) 你幾歲？ → _____

16) 我今年二十歲。 → _____

17) 你家人有幾個？ → _____

18) 父母親，我，妹妹，加起來總共有四個。 → _____

19) 這台相機多少錢？ → _____

20) 這款筆記本，一本一千元。 → _____

21) 請給我三顆蘋果。 → _____

22) 我們今天一起吃晚餐吧。 → _____

23) 下午兩點到六點打工。 → _____

24) 我每天喝咖啡。 → _____

25) 你多常運動？ → _____

26) 一個月看電影兩次左右。 → _____

27) 我一天睡八個小時左右。 → _____

28) 你現在正在做什麼？ → _____

29) 我從上個星期開始減肥。 → _____

30) 我給朋友生日禮物。 → _____

31) 我想送女朋友項鍊。 → _____

32) 我打電話給同事。 → _____

33) 請您先吃。/ 請您先用。 → _____

34) 請稍等。 → _____

35) 請不要遲到。 → _____

36) 在這裡請不要抽菸。 → _____

37) 祝您幸福。 → _____

38) 祝您健康。 → _____

39) 小心感冒。 → _____

40) 新年快樂。 → _____

41) 這裡有賣韓國泡菜（辛奇）嗎？ → _____

42) 太貴了。請算我便宜一點。 → _____

43) 我去讀書館唸書。 → _____

44) 你明天有空嗎？ → _____

45) 要不要來我家玩？ → _____

46) （我們）要幾點見面呢？ → _____

47) （我們）要吃什麼呢？ → _____

48) 我先走了。 → _____

49) 我會訂票。/ 由我來訂票吧。 → _____

50) 這家餐廳的菜又便宜又好吃。→ → _____

51) 我是上班族，而弟弟（妹妹）則是學生。→ _____

52) 我們下班之後去逛街吧。 → _____

53) 好主意！ → _____

십자말 풀이 (填字遊戲)

가로 열쇠 (橫的提示)

2) 有趣、好看(【形容詞】現在式口語)
5) 痛、不舒服(【形容詞】現在式口語)
6) 忙(【形容詞】原型)
8) 電子郵件
9) 筆記本
10) (學生的)放假
12) 壞、不好(【形容詞】現在式口語)
14) 夏天
15) 貴(【形容詞】原型)
18) 難(【形容詞】現在式口語)
20) 感冒
22) 星期二
24) 教室
25) 同學會

세로 열쇠 (直的提示)

1) 教材
3) 好吃(【形容詞】現在式口語)
4) 最近
5) 打工
7) 減肥
9) KTV
11) 起床
13) 可愛(【形容詞】現在式口語)
16) 買(【動詞】原型)
17) 冷氣
19) 冷(【形容詞】現在式口語)
21) 等、等待(【形容詞】現在式口語)
22) 洗手間
23) 起床(【動詞】原型)
24) 教會

第九課　세수를 한 후에 이를 닦았어요.
（洗臉之後刷了牙。）

1 將以下動詞與形容詞的原型，改成它們的「過去、現在、未來」口語的說法。

	動詞原型	過去	現在	未來
1	가다	갔어요	가요	갈 거예요
2	오다			
3	자다			
4	일어나다			
5	앉다			
6	사다			
7	살다			
8	만들다			
9	놀다			
10	받다			
11	주다			
12	먹다			
13	마시다			
14	(사진을) 찍다			
15	배우다			
16	가르치다			
17	준비하다			
18	기다리다			
19	만나다			
20	사귀다			
21	헤어지다			
22	닫다			
23	열다			
24	입다			

25	벗다			
26	쓰다			
27	쉬다			
28	일하다			
29	공부하다			
30	숙제하다			
31	식사하다			
32	운동하다			
33	집안일하다			
34	청소하다			
35	빨래하다			
36	세수하다			
37	전화하다			
38	쇼핑하다			
39	구경하다			
40	외출하다			
41	산책하다			
42	운전하다			
43	결혼하다			
44	시작하다			
45	끝나다			
46	출발하다			
47	도착하다			
48	듣다			
49	걷다			
50	묻다			

第九課

	形容詞原型	過去	現在	未來（推測）
1	비싸다	비쌌어요	비싸요	비쌀 거예요
2	싸다			
3	맛있다			
4	맛없다			
5	재미있다			
6	재미없다			
7	크다			
8	작다			
9	많다			
10	적다			
11	길다			
12	짧다			
13	멀다			
14	가깝다			
15	어렵다			
16	쉽다			
17	시끄럽다			
18	조용하다			
19	춥다			
20	덥다			
21	시원하다			
22	따뜻하다			
23	더럽다			
24	깨끗하다			
25	귀엽다			
26	예쁘다			
27	바쁘다			
28	아프다			

2 從下列選出適當的單字，並應用於適當的時態句型，完成句子。（請用口語說法）

1)

먹다	하다	맛있다	사다	가다	비싸다

지난 주말에 친구하고 같이 동대문 시장에 ① _____.

거기에서 모자하고 옷 두 벌을 ② _____.

시계도 사고 싶었지만 너무 ③ _____.

그래서 시계는 안 사고 구경만 ④ _____.

쇼핑을 하고 시장 근처에서 떡볶이랑 김밥도 ⑤ _____.

아주 ⑥ _____.

2)

보다	하다	이다	가다	초대하다	준비하다

다음 주 토요일은 제 생일 ① _____.

그래서 토요일 낮에 집에서 생일 파티를 ② _____.

친구들을 많이 ③ _____.

음식도 많이 ④ _____.

생일 파티 후에 친구들과 같이 노래방에도 ⑤ _____.

그리고 일요일에는 가족들과 같이 영화를 ⑥ _____.

3 看圖並用下列提供的單字，造二種不同句子。

1)

【영화표를 사다 / 친구를 만나다】—過去

→ _____ 후에 친구를 만났어요.

→ _____ 전에 영화표를 샀어요.

2)
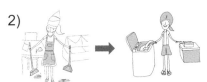

【청소를 하다 / 빨래를 하다】—過去

→ _____

→ _____

3)

【손을 씻다 / 빵을 먹다】－未來

→ _____ 후에 빵을 먹을 거예요.

→ _____ 전에 손을 씻을 거예요.

4)

【이를 닦다 / 옷을 입다】－未來

→ _____

→ _____

4 翻譯練習。

1) 我阿姨以前曾經是歌手。→ _____

2) 這裡以前曾經是醫院。→ _____

3) 剛才喝了咖啡。→ _____

4) 幾天前買了新手機。→ _____

5) 不久前和男友分手了。→ _____

5 依範例，用下列提供的單字與連接詞尾「지만」，回答問句。

1)

A：이 옷 어때요？

B：（예쁘다 / 비싸다）

→ 예쁘지만 비싸요.

2)

A：김치찌개 맛 어때요？

B：（맵다 / 맛있다）

→ _____

3)

A：한국어 어때요？

B：（조금 어렵다 / 재미있다）

→ _____

4)

A : 거기 날씨가 어때요 ?

B : (어제는 춥다 / 오늘은 덥다)

　→ _____

5)

A : 시험이 어땠어요 ?

B : (저번 시험은 어렵다 / 이번 시험은 쉽다)

　→ _____

6 閱讀後回答問句。

> 　티파니 씨는 미국 사람입니다. 미국에서 대학을 졸업한 후에 한국에
> 한국어를 배우러 왔습니다. 2006년부터 2008년까지는 학교에서 한국어를
> 배우고, 2009년부터 2010년까지는 여행사에서 일했습니다. 남자 친구와
> 2008년 1월부터 사귀고 2011년 6월에 결혼했습니다. 결혼 후에는 학원
> 에서 아이들에게 영어를 가르치고 있습니다.

1) A : 티파니 씨는 대학을 졸업한 후에 무엇을 했습니까 ?

　 B : _____ .

2) A : 티파니 씨는 한국어를 얼마 동안 배웠습니까 ?

　 B : _____ .

3) A : 티파니 씨는 남자 친구와 얼마 동안 사귀었습니까 ?

　 B : _____ .

4) A : 티파니 씨는 결혼하기 전에 어디에서 일했습니까 ?

　 B : _____ .

7 和班上同學用本單元學過的句型，互相問有關對方上週末和下週末的活動。

第十課　집에서 회사까지 버스로 30분 걸려요.
（從家到公司搭公車需要三十分鐘。）

1 從下列選出適當的單字填入空格。（可複選）

> 얼마나　어떻게　정도　로/으로　부터　에　에서　까지

1) A : 신혼여행은 어디 ☐ 갈 거예요?

　 B : 일본 ☐ 갈 거예요.

2) A : 슈퍼는 어디 ☐ 있어요? 여기에서 ☐ 가요?

　 B : 저쪽 ☐ 쪽 가세요. 슈퍼는 은행 옆 ☐ 있어요.

3) A : 공책에 연필 ☐ 이름을 써요?

　 B : 아니요, 볼펜 ☐ 써요.

4) A : 미국 남자 친구하고 영어 ☐ 이야기해요?

　 B : 아니요, 남자 친구가 작년 ☐ 한국어를 배우고 있어요.

　　 그래서 우리는 한국어 ☐ 이야기해요.

5) A : 집 ☐ 동물원 ☐ 어떻게 가요?

　 B : 지하철 ☐ 가요.

6) A : 버스 정류장까지 걸어서 ☐ 걸려요?

　 B : 3분 ☐ 걸려요.

2 翻譯練習。

1) 請給我這個。（三種說法）→ _____

2) 請幫我換成韓幣。→ _____

3) 這個用韓文怎麼說？→ _____

4) 吃泡麵當晚餐。→ _____

3 依範例，看圖並用下列提供的單字，造三種不同句子。

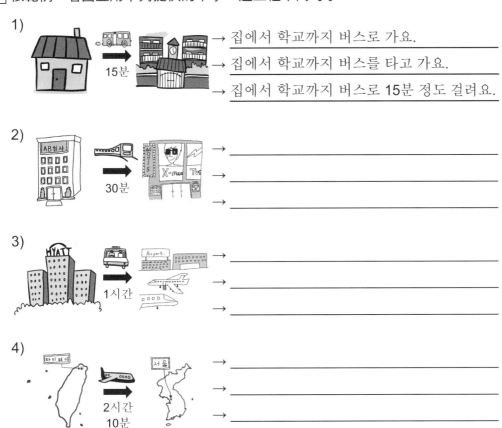

1) → 집에서 학교까지 버스로 가요.
   → 집에서 학교까지 버스를 타고 가요.
   → 집에서 학교까지 버스로 15분 정도 걸려요.

2) →
   →
   →

3) →
   →
   →

4) →
   →
   →

4 依範例，填入空格回答問句。（第1～5題，可參考提供的單字）

1) A：내일 소영 씨가 파티에 올까요？【오다】

   B：네, 올 거예요. _____

2) A：지훈 씨 여자 친구가 있을까요？【있다】

   B：아마 _____

3) A：현빈 씨가 몇 시쯤 집에 돌아올까요？【6시쯤 돌아오다】

   B：아마 _____

4) A：이번 시험도 많이 어려울까요？【많이 어렵다】

   B：네, _____

5) A : 내일 날씨가 어떨까요? 【조금 춥다】

B : 비가 오고 _____

6) A : 이 영화 재미있을까요?

B : 사람들이 많이 왔어요. 그러니까_____

7) A : 저 사람은 어느 나라 사람일까요?

B : 지금 일본어로 전화하고 있어요. 그러니까 _____

8) A : 호동 씨가 지금 어디에 있을까요?

B : 조금 전에 커피숍에서 봤어요. 그러니까 아마 지금도 _____

5 依範例，連一連，並造句看看。

1) 한국 식당 ●	● 옷을 사다
2) 동대문 시장 ●	● 한복을 입고 사진을 찍다
3) 편의점 ●	● 불고기를 먹다
4) 경복궁 ●	● 살다
5) 일본 ●	● 아르바이트를 하다

1) 한국 식당에서 불고기를 먹은 적 있어요. _____

= 한국 식당에서 불고기를 먹어 봤어요.

2) _____

= _____

3) _____

= _____

4) _____

= _____

5) _____

　　　　　　　　　　= _____

6 看圖填空，完成對話。

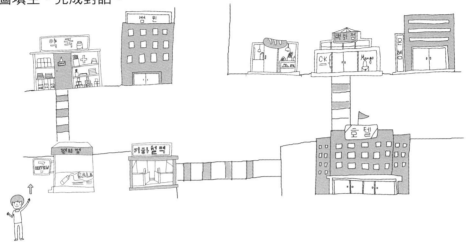

1) A : 여기에서 병원까지 어떻게 가요?

　　B : 여기에서 편의점 쪽으로 ① _____

　　　　편의점 앞에서 ② _____

　　　　그리고 ③ _____ 가세요.

　　　　병원은 약국 ④ _____

2) A : 이 근처 백화점이 어디에 있어요?

　　B : 여기에서 편의점 쪽으로 ① _____

　　　　편의점에서 ② _____ 후에 지하철역까지 ③ _____

　　　　지하철역 앞에서 ④ _____ 후에 호텔 앞에서 또 ⑤ _____

　　　　백화점은 빵집하고 은행 ⑥ _____

7 向班上同學說明，要怎麼從附近的捷運站或公車站來教室上課。

第十一課　날씨가 좋으면 등산을 가려고 해요.
（天氣好的話，我打算去爬山。）

1 依範例，用下列提供的句子原型與句型「～려고/으려고 하다」，回答問句。

1)

A : 주말에 뭐 하려고 해요?

B : （콘서트를 보러 가다）

→ 콘서트를 보러 가려고 해요.

2)

A : 저녁에 뭐 먹으려고 해요?

B : （햄버거를 먹다）

→ _____

3)

A : 여름방학 때 뭐 하려고 해요?

B : （식당에서 아르바이트를 하다）

→ _____

4)

A : 언제 이사하려고 해요?

B : （다음 달 중순에 이사하다）

→ _____

5)

A : 왜 저녁을 안 먹어요?

B : （오늘부터 다이어트를 하다）

→ _____

6)

A : 자기 전에 뭐 하려고 해요?

B : （음악을 듣다）

→ _____

2 依範例，連連看，並造句。

1) 머리가 아프다 ●	● 좀 가르쳐 주세요.
2) 대만에 오다 ●	● 에어컨을 켜세요.
3) 결혼을 하다 ●	● 이 약을 드세요.
4) 시원 씨 집 주소를 알다 ●	● 어디로 신혼여행을 가고 싶어요?
5) 덥다 ●	● 저한테 연락하세요.

1) 머리가 아프면 이 약을 드세요.

2) _____

3) _____

4) _____

5) _____

3 依範例，用下列提供的句子原型，造六種不同句子。

1) 【요리를 하다】
→ 요리를 할 수 있어요.
→ 요리를 할 수 없어요.

→ 요리를 잘해요.
→ 요리를 조금 해요.
→ 요리를 잘 못해요.
→ 요리를 못해요.

2) 【한국말을 하다】
→ _____
→ _____

→ _____
→ _____
→ _____
→ _____

3) 【피아노를 치다】
→ _____
→ _____

→ _____
→ _____
→ _____
→ _____

4) 【자전거를 타다】

→ _____   → _____

→ _____   → _____

                                           → _____

4 依照下列表格，回答問句。

	운전	요리	그림	스키	일본어
호동	X	O	X	O	X
재석	O	X	O	O	X

1) A：재석 씨는 운전을 잘해요?

   B：_____ .

2) A：누가 요리를 할 수 있어요?

   B：_____ .

3) A：호동 씨는 그림을 잘 그려요?

   B：_____ .

4) A：두 사람 모두 스키를 탈 수 있어요?   ※모두：①總共②都

   B：_____ .

5) A：두 사람 모두 일본어를 할 수 있어요?

   B：_____ .

5 看圖並用下列提供的單字，完成對話。

1)

A：프랑스어를 배우고 싶어요.

B：저는 예전에 프랑스에 산 적이 있어요.

    제가 프랑스어를 _____ 줄까요? 【가르치다】

A：네, _____ 주세요.

2)

A : 밖에 비가 와요. 그런데 우산이 없어요.

B : 제가 우산을 _____ ? 【빌리다】

A : 네, _____ .

3)

A : 교실 밖이 너무 시끄러워요.

B : 제가 문을 _____ ? 【닫다】

A : 네, _____ .

4)

A : 저는 한국 친구를 사귀고 싶어요.

B : 제가 한국 친구를 _____ ? 【소개하다】

A : 네, _____ .

6 依範例，看圖造句。

① 多瑛小姐的 email地址

정우 씨

④ 請吃晚餐

② 教英文

③ 介紹 美國朋友

⑤ 借書

⑥ 做涼拌冬粉

미혜 씨

다영 씨

1) 미혜 씨가 정우 씨에게 다영 씨 메일 주소를 알려 줬어요. _____

2) _____

3) _____

4) _____

5) _____

6) _____

7 翻譯練習。

1) 我打算今年戒菸。→ _____

2) 這次拿獎金的話，你想買什麼？→ _____

3) 要不要我陪你去？→ _____

4) 請幫我。→ _____

5) 我來幫你。→ _____

8 閱讀後，選出下列四項當中<u>不符合</u>此文章的內容。

> 저는 대만 사람이고 이름은 이종민이라고 합니다. 지금 대학교 3학년입니다. 저는 한국 드라마와 한국 노래를 아주 좋아합니다. 그래서 세 달 전부터 한국어를 배우고 있습니다. 한국어를 1년 동안 열심히 공부한 후 내년 9월에는 한국어능력시험도 보려고 합니다. 대학을 졸업한 후에는 군대에 가고, 제대한 후에는 한국으로 어학연수를 가려고 합니다. 한국에서 1년 반 동안 한국어를 배우려고 합니다. 대만에 돌아온 후에는 취직하려고 합니다. 가능하면 삼성, LG 등 한국 회사에서 일하고 싶습니다. 결혼은 30살 전에 하고 싶습니다.

① 이종민 씨는 대만 사람입니다.

② 한국어를 1년 동안 공부했습니다.

③ 한국에 한국어를 배우러 가려고 합니다.

④ 30살 전에 결혼하려고 합니다.

| ※〜라고/이라고 하다 : 叫做 |
| 군대에 가다 : 去當兵 |
| 제대하다 : 退伍 |
| 가능하면 : 可以的話 |

9 向班上同學說說看自己的未來計畫。（例如，1年後、5年後、10年後…）

第十二課　더 작은 사이즈를 입어 보세요.
(你試穿更小的尺寸看看。)

1 依範例，從下列選出適當的單字，並用句型「～아/어/해 보이다」完成句子。

> 나쁘다　무겁다　맛있다　아프다　덥다　행복하다

1)

기분이 나빠 보여요.

2)

소영 씨가 _____

3)

음식이 _____

4)

두 사람 _____

5)

날씨가 _____

6)

가방이 _____

2 依範例，造句看看。

1) 강아지 / 고양이 / 좋다 → 저는 강아지가 고양이보다 더 좋아요.

2) 한국 친구 / 일본 친구 / 많다 → 저는 _____

3) 중국어 / 영어 / 잘하다 → 저는 _____

4) 고기 / 생선 / 좋아하다 → 저는 _____

5) 공포 영화 / 액션 영화 / 자주 보다 → 저는 _____

3 依範例，連連看，並造句。

1) 예쁘고 싼 옷을 사고 싶어요. ●	● 더 큰 사이즈 옷을 입다
2) 이 옷은 조금 작아요. ●	● 동대문 시장에 가다
3) 감기에 걸렸어요. ●	● 앞머리를 자르다
4) 시원 씨 전화번호를 알고 싶어요. ●	● 이 약을 한번 드시다
5) 저는 얼굴이 너무 커 보여요. ●	● 신동 씨에게 묻다

1) A : 예쁘고 싼 옷을 사고 싶어요. _____   ※사이즈：尺寸

  B : 그래요? 그럼 동대문 시장에 가 보세요. _____

2) A : _____

  B : _____

3) A : _____

  B : _____

4) A : _____

  B : _____

5) A : _____

  B : _____

4 依範例，將以下形容詞的原型改成可以修飾名詞的樣子。

	原型	形容詞＋名詞		原型	形容詞＋名詞
1	비싸다	비싼 옷	31	무겁다	_____ 가방
2	싸다	_____ 옷	32	가볍다	_____ 가방
3	맛있다	_____ 과자	33	더럽다	_____ 방
4	맛없다	_____ 과자	34	깨끗하다	_____ 방
5	재미있다	_____ 드라마	35	아름답다	_____ 경치
6	재미없다	_____ 드라마	36	귀엽다	_____ 아이
7	크다	_____ 키	37	반갑다	_____ 손님

8	작다	_____ 키	38	날씬하다	_____ 친구
9	많다	_____ 돈	39	뚱뚱하다	_____ 친구
10	적다	_____ 돈	40	예쁘다	_____ 여자
11	길다	_____ 치마	41	착하다	_____ 여자
12	짧다	_____ 치마	42	섹시하다	_____ 여자
13	높다	_____ 산	43	멋있다	_____ 남자
14	낮다	_____ 산	44	잘생기다	_____ 남자
15	넓다	_____ 길	45	같다	_____ 색깔
16	좁다	_____ 길	46	비슷하다	_____ 색깔
17	멀다	_____ 나라	47	다르다	_____ 색깔
18	가깝다	_____ 나라	48	빠르다	_____ 노래
19	어렵다	_____ 시험	49	느리다 (慢)	_____ 노래
20	쉽다	_____ 시험	50	건강하다	_____ 사람
21	시끄럽다	_____ 곳	51	행복하다	_____ 사람
22	조용하다	_____ 곳	52	피곤하다	_____ 사람
23	춥다	_____ 날씨	53	젊다	_____ 사람
24	덥다	_____ 날씨	54	어리다	_____ 학생
25	시원하다	_____ 물	55	무섭다	_____ 영화
26	따뜻하다	_____ 물	56	편하다	_____ 신발
27	뜨겁다	_____ 커피	57	유명하다	_____ 식당
28	차갑다	_____ 우유	58	친절하다	_____ 식당
29	맵다	_____ 음식	59	짜다	_____ 맛
30	싱겁다	_____ 음식	60	달다	_____ 맛

5 依照下列表格，回答問句。

	좋아하는 영화	좋아하는 음식	좋아하는 여자
호동	무섭다	달다	예쁘고 날씬하다
재석	슬프다	싱겁다	마음씨가 착하고 키가 작다

1) A : 재석 씨는 어떤 영화를 좋아해요?

B : _____ .

2) A : 호동 씨는 재미있는 영화를 좋아해요?

B : _____ .

3) A : 호동 씨는 어떤 음식을 좋아해요?

B : _____ .

4) A : 재석 씨는 어떤 여자를 좋아해요?　　　　　　※마음씨가 착하다 : 心地善良

B : _____ .

5) A : 호동 씨도 마음씨가 착한 여자를 좋아해요?

B : _____ .

6 依範例，用下列提供的單字與連接詞尾「～아/어/해서」，回答問句。

1)

A : 왜 늦었어요?【길이 막히다】

B : 길이 막혀서 늦었어요.

2)

A : 왜 지각했어요?【늦게 일어나다】

B : _____

3)

A : 왜 등산을 안 갔어요?【비가 많이 오다】

B : _____

4)

A : 왜 술을 마셨어요? 【기분이 나쁘다】

B : _____

5)

A : 어제 왜 학교에 안 왔어요? 【너무 아프다】

B : _____

7 依範例，連連看，並造句。

1) 내일은 도서관에 가다　●————● 공부하려고 해요.	
2) 이따가 친구를 만나다　● ● 김치찌개를 만들었어요.	
3) 두부와 돼지고기를 사다 ● ● 1번 출구로 나오세요.	
4) 한국에 가다 ● ● 영화를 볼 거예요.	
5) 서울역에서 내리다 ● ● 1년 동안 한국어를 배워 보고 싶어요.	

1) 내일은 도서관에 가서 공부하려고 해요.　　　　　　　　※1번 출구：1號出口

2) _____

3) _____

4) _____

5) _____

8 翻譯練習。

1) 哪個比較漂亮？ → _____

2) 哥哥比我大3歲。 → _____

3) 你最喜歡的運動是什麼？ → _____

4) 水果當中我最喜歡草莓。 → _____

5) 因為喜歡韓劇，所以從5個月前開始學韓語。 → _____

9 下列每句都有錯誤，請改錯。

1) 비행기가 기차보다 더 빠르어요. → _____

2) 뜨겁은 커피 한 잔 마시고 싶어요. → _____

3) 김치는 맵어서 못 먹어요. → _____

4) 남자 친구가 꽃을 사고 저에게 줬어요. → _____

5) 이 노래 한번 부르어 보세요. → _____

10 採訪同學。（最後兩個問題，自己寫看看。）

	인터뷰 질문 （採訪問題）	친구의 대답 （朋友的回答）
1	이름이 뭐예요?	
2	직업이 뭐예요?	
3	생일이 언제예요?	
4	나이가 몇 살이에요?	
5	무슨 띠예요?	
6	보통 몇 시에 출근하고 몇 시에 퇴근해요? 或 보통 몇 시에 학교에 가고 몇 시에 집에 와요?	
7	보통 몇 시에 자요?	
8	취미가 뭐예요?	
9	주말에는 보통 뭐 해요?	
10	언제부터 한국어를 배우고 있어요?	
11	왜 한국어를 배워요?	
12	한국에 간 적 있어요?	
13	제일 좋아하는 한국 음식이 뭐예요?	
14	한국 연예인 중에서 누구를 제일 좋아해요?	
15	지금 남자 친구 있어요? 或 지금 여자 친구 있어요?	
16	어떤 남자가 좋아요? 或 어떤 여자가 좋아요?	

17	결혼은 언제쯤 하고 싶어요?	
18	운전할 수 있어요?	
19		
20		

讀完了這本書，接下來呢？

當然是《大家的韓國語－初級2》囉！

【複習題目】第九課～第十二課

1 從下列選出適當的助詞填入空格。（可複選）

로/으로　　에　　에서　　에게　　부터　　까지　　보다

1) 저는 대만___ 왔어요. 마이클 씨는 어느 나라___ 왔어요?

2) 매일 아침 7시___ 8시___ 1시간 동안 운동을 해요.

3) 우리 회사는 영어___ 회의를 해요.

4) 점심___ 김치찌개를 먹었어요.

5) 저는 날마다 지하철___ 회사에 가요.

6) 집___ 지하철역___ 걸어서 5분쯤 걸려요.

7) 이 영화가 저 영화___ 더 재미있어요.

8) 감기___ 걸려서 약을 먹었어요.

9) 크리스마스 때 이 인형을 여자 친구___ 선물할 거예요.

10) 우리 반 친구들 중___ 키가 가장 큰 사람은 누구예요?

2 依範例，請選出正確的答案。

【例】오늘은 일요일이에요. → 회사에 (안)/ 못) 가요.

1) 저는 고기를 싫어해요. → 불고기를 （안 / 못） 먹어요.

2) 여행을 가고 싶지만 돈이 없어요. → 여행을 （안 / 못） 가요.

3) 내일 시험이 있어서 오늘은 열심히 공부하려고 해요.

　　→ 오늘 저녁에는 영화를 보러 （안 / 못） 갈 거예요.

4) 농구를 좋아하지만 얼마 전에 다리를 다쳤어요. → 농구를 （안 / 못） 해요.

5) 요즘 다이어트를 하고 있어요. → 과자, 초콜릿 등을 （안 / 못） 먹어요.

選出正確的答案。

1) A : 이거 먹어 봤어요?

B : _____ .

① 아니요, 먹을 수 없어요　　② 네, 먹은 적 있어요
③ 네, 먹고 싶어요　　④ 아니요, 먹기 싫어요

2) A : _____ ?

B : 아니요, 잘 못해요.

① 피아노 칠 수 있어요　　② 요리 잘 못해요
③ 무슨 노래를 잘 해요　　④ 한국말 잘 할 수 있어요

3) 밖이 너무 시끄러워요. 창문 좀 _____ .

① 열어 주세요　　② 닫아 주세요　　③ 켜 주세요　　④ 꺼 주세요

4) A : 재석 씨가 지금 집에 있을까요?
B : 재석 씨는 보통 이 시간에 공원에서 운동을 해요. _____ 집에 없을 거예요.

① 아마　　② 직접　　③ 이따가　　④ 그만

5) A : 기분이 _____ ㉠ _____ . 무슨 일 있어요?
B : 사실은 조금 전에 동생하고 싸웠어요.
A : 동생하고 자주 싸워요?
B : 네, 저랑 동생은 성격이 많이 _____ ㉡ _____ 자주 싸워요.

① ㉠ 좋아 보여요　㉡ 다르아서　　② ㉠ 좋아 보여요　㉡ 달러서
③ ㉠ 나빠 보여요　㉡ 달라서　　④ ㉠ 나빠 보여요　㉡ 다르어서

6) 시간이 없어요. _____ 택시를 타고 가세요.

① 그리고　　② 그래시　　③ 그러니까　　④ 그렇지만

7) 회의가 늦게 _____ 점심을 못 먹었어요.

① 끝나고　　② 끝나서　　③ 끝나지만　　④ 끝나러

8) 퇴근을 _____ 한국어를 배우러 가요.

① 하러　　② 하지만　　③ 해서　　④ 하고

9) 극장에 _____ 영화를 볼 거예요.

   ① 가러   ② 가고   ③ 가서   ④ 가지만

10) 아르바이트는 조금 _____ 재미있어요.

   ① 힘들어서   ② 힘들지만   ③ 힘들면   ④ 힘들고

4 選出有錯誤的句子。

1) ① 이곳은 예전에 병원이었어요.
   ② 오늘 저녁에는 된장찌개를 만들을 거예요.
   ③ 이 노래 한번 들어 보세요.
   ④ 결혼한 후에는 부산에서 살려고 해요.

2) ① 저는 잘생긴 남자보다 성격 좋은 남자가 더 좋아요.
   ② 큰 가방이 작은 가방보다 오만 원 정도 비싸요.
   ③ 추우면 창문을 닫으세요.
   ④ 내일도 많이 덥을까요?

5 選出符合上述內容的句子。

1)
> 저는 지금 대학교 4학년이에요. 다음 달에 졸업을 해요.
> 그리고 2달 후에 한국으로 어학연수를 갈 거예요.

   ① 졸업하기 전에 한국으로 여행을 갑니다.
   ② 졸업하면 한국으로 유학을 가고 싶습니다.
   ③ 졸업 후에 한국에서 일하려고 합니다.
   ④ 졸업한 후에 한국에 한국어를 공부하러 가려고 합니다.

2)
> 시원 씨 : 다영 씨, 좀 아파 보여요. 괜찮아요?
> 다영 씨 : 어제부터 머리가 너무 아파요.
> 시원 씨 : 병원에 한번 가 보세요.
> 다영 씨 : 병원에 혼자 가기 싫어요.
> 시원 씨 : 그럼 제가 같이 가 줄까요?

① 시원 씨는 다영 씨와 같이 병원에 가려고 합니다.
② 다영 씨는 머리가 너무 아파서 병원에 갔습니다.
③ 시원 씨는 약국에 약을 사러 갑니다.
④ 다영 씨는 아주 건강해 보입니다.

6 翻譯練習。

1) 姑姑以前曾經是歌手。 → _____

2) 你這個週末要做什麼？ → _____

3) 我明年春天要結婚。 → _____

4) 我幾天前買了筆電。 → _____

5) 睡前我要聽收音機（廣播）。 → _____

6) 畢業之後我想在韓國公司上班。 → _____

7) 我下課之後打了工。 → _____

8) 吃晚飯之後我要做功課。 → _____

9) 這個包包很漂亮，但是太貴了。 → _____

10) 昨天很冷，但是今天一點都不冷。 → _____

11) 週末愉快！ → _____

12) 祝你一路順風！ → _____

13) 我會好好的吃。（＝我要開動了。） → _____

14) 我吃得很好。（＝我吃飽了，謝謝。）→ _____

15) 下週我要去日本旅遊。 → _____

16) 這個用韓文怎麼說？ → _____

17) 收到化妝品當生日禮物。 → _____

18) 從家到學校搭公車需要二十分鐘左右。 → _____

19) 從這裡到動物園怎麼去？ → _____

20) 搭捷運去吧。 → _____

21) 我去過韓國。 → _____

22) 我沒穿過韓服。 → _____

23) 我以前住過美國。 → _____

24) （你覺得）這件衣服會適合我嗎？ → _____

25) （你覺得）明天會下雨嗎？ → _____

26)（我覺得）這部電影會好看。→ _____

27)（我覺得）明天也會很冷。→ _____

28) 我迷路了。請幫忙。→ _____

29) 我打算下個月去韓國遊學。→ _____

30) 你來台灣的話，跟我聯絡吧。→ _____

31) 很熱的話，開冷氣吧。→ _____

32) 你會開車嗎？→ _____

33) 我很會講英文。→ _____

34) 我彈鋼琴只會一點點。→ _____

35) 我不太會講韓文。→ _____

36) 我不會唱歌。→ _____

37) 要不要我幫你？→ _____

38) 我來幫你。→ _____

39) 麻煩你（幫我）關門。→ _____

40) 麻煩告訴我你的聯絡方式。→ _____

41) 這個麻煩幫我打包。→ _____

42) 我很擔心。→ _____

43) 這個看起來很好吃。→ _____

44) 穿這件衣服的話看起來更苗條。→ _____

45) 捷運比公車快。→ _____

46) 請你吃吃看這個。→ _____

47) 我喜歡個子高的男生。→ _____

48) 我喜歡頭髮長的女生。→ _____

49) 我喜歡辣的食物。→ _____

50) 因為喜歡韓劇學習韓文。→ → _____

51) 昨天因為生病沒能去學校。→ _____

52) 去百貨公司買了牛仔褲。→ _____

53) 看起來太大了。沒有更小的嗎？→ _____

54)（購物時）我喜歡。給我這個。→ _____

십자말 풀이 (填字遊戲)

가로 열쇠（橫的提示）

1) 藝人
3) 火車
4) 受傷（【動詞】過去式口語）
7) 最
8) 住址
9) 包裹
11) 風
12) 信
13) 不知道（【動詞】現在式口語）
16) 腳踏車
18) 襪子
20) 飛機
21) 有明（【形容詞】原型）
23) 家事
25) 肚子餓（【形容詞】現在式口語）
27) 幸福（【形容詞】現在式口語）

세로 열쇠（直的提示）

1) 聯絡（【動詞】原型）
2) 人氣
5) 昨天
6) 出差
8) 加油站
10) 牛仔褲
14) 泡麵、拉麵
15) 突然、忽然
17) 謊話
19) 準備（【動詞】原型）
21) 留學
22) 一整天
24) 眼鏡
25) 自助旅行
26) 派對

發音篇　韓語40音

3

바나나 / 주스 / 라디오 / 야구

5

7 　　8

11

1)	친	구	가		밥	을		먹	습	니	다	.	
2)	오	빠	가		학	교	에		갑	니	다	.	
3)	슈	퍼	에	서		우	유	를		삽	니	다	.

第一課　저는 대만 사람입니다.

1

1) 안녕하세요? 2) 아니에요. 3) 네, 잘 지냈어요. 4) 미안해요.

5) 안녕히 계세요. 6) 감사합니다. 7) 만나서 반갑습니다.

2

1) 는 2) 은 3) 는 4) 은 5) 이 6) 가 7) 가 8) 이

3

1) 박민우입니다. 2) 어느 나라 사람입니까? 3) 요리사입니다. 4) 책입니다.

4

1) 영어가 / 한국어

2) 아니요, 미국이 아닙니다. 일본입니다.

3) 아니요, 간호사가 아닙니다. 의사입니다.

4) 아니요, 여자가 아닙니다. 남자입니다.

5) 아니요, 책상이 아닙니다. 의자입니다.

6) 아니요, 회사가 아닙니다. 식당입니다.

5

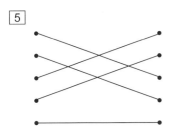

6

	안	녕	하	세	요	?		처	음		뵙	겠	습
니	다	.	저	는		이	치	로	입	니	다	.	일
본		사	람	입	니	다	.	경	찰	입	니	다	.
만	나	서		반	갑	습	니	다	.				

第二課　이것은 무엇입니까?

1

爺爺：할아버지	奶奶：할머니	大伯：큰아버지	叔叔：작은아버지
姑姑：고모	父親：아버지	爸爸：아빠	堂兄弟姊妹：사촌
外公：외할아버지	外婆：외할머니	母親：어머니	媽媽：엄마
阿姨：이모	舅舅：외삼촌	表兄弟姊妹：외사촌	
哥哥：（男生叫）형（女生叫）오빠		姊姊：（男生叫）누나（女生叫）언니	
弟弟：남동생	妹妹：여동생	丈夫：남편	妻子：아내
兒子：아들	女兒：딸	姪子：조카	

2

1) 네, 있습니다. 2) 아니요, 없습니다. 3) 고다영 씨입니다.

4) 고현철 씨가 박지연 씨의 남편입니다. 5) 박지연 씨의 것입니다.

6) 고현빈 씨의 것입니다. 7) 네, 고현철 씨의 것입니다.

8) 아니요, (고다영 씨의 것이 아닙니다.) 고민영 씨의 것입니다.

3

1) A : 누가 미국 사람입니까? / B : 제가 미국 사람입니다.

2) A : 이 사람은 누구의 남자 친구입니까? / B : 제 남자 친구입니다.

4

1) 네, 있습니다. / 네, 연필도 있습니다.

2) 네, 있습니다. / 아니요, 핸드폰은 없습니다.

3) 아니요, 없습니다. / 아니요, 냉장고는 있습니다.

4) 아니요, 없습니다. / 네, 신용카드도 없습니다.

5

1) ①그것 ②탁자 위에 있습니다. 2) ①이것 ②의자 아래에 있습니다.

3) ①저것 ②우산 옆에 있습니다. 4) ①어느 것 ②냉장고 안에 있습니다.

6

A : 강아지는 어디에 있습니까? / B : 제 뒤에 있습니다.

7

1) 앞 2) 위 3) 하고 4) 하고 5) 이 6) 하고 7) 사이 8) 옆 或 오른쪽

9) 아래 10) 가 11) 없습니다 12) 안 13) 가 14) 도 15) 옆 或 왼쪽 16) 밖

第三課　오늘이 몇 월 며칠입니까?

1

1) 십삼 2) 이십칠 3) 백오십팔 4) 육백사십구 5) 오백이 6) 천육백사십

7) 구천팔백 8) 만 오십 9) 칠십삼만 천 10) 삼천구백사십팔만

11) 십일 층 12) 이 층 13) 오월 삼십 일 14) 시월 십 일 15) 유월 십육 일

16) 이천십팔 년 삼월 사 일 17) 칠백사 호 18) 십만 구천 원

2

1) 목요일, 금요일, 일요일 2) 아침, 저녁 3) 오후 4) 어제, 내일 5) 올해

3

1) 수 2) 내일 3) 이번 주 4) 다음 주 5) 다다음 주 6) 주말 7) 달

4

1) 이번 주 토요일에 놀이공원에 갑니다.

2) 언제 한국에 갑니까?

3) 오늘이 무슨 요일입니까?

5

1) 오월 일 일입니다. 2) 금요일입니다. 3) 어린이날입니다.

4) 오월 십삼 일입니다. **或** 다다음 주 화요일입니다. 5) 수요일에 있습니다.

6) 오월 십 일에 갑니다. **或** 다음 주 토요일에 갑니다. 7) 동생의 생일입니다.

6

1) 핸드폰 번호가 몇 번입니까?

2) 교실이 몇 층에 있습니까? **或** 교실이 몇 층입니까?

3) 대학교 몇 학년입니까?

4) 키가 몇입니까? **或** 키가 얼마입니까?

7

1) 학교 / 교실 / 우체국 2) 식당 / 커피숍 / 편의점

3) 미장원 **或** 미용실 / 호텔 / 서점

8

1) ① 영화관에 갑니다. **或** 극장에 갑니다. ② 누구하고 같이 갑니까?

2) ① 병원에 갑니다. ② 아침에 갑니다.

3) ① 백화점에 갑니다. ② 아니요, 친구들하고 같이 갑니다.

4) ① 공항에 갑니다. ② 내일 갑니다.

第四課　식당에서 저녁을 먹습니다.

1

2) 來 / 옵니다 / 안 옵니다　　　　3) 睡 / 잡니다 / 안 잡니다

4) 起床 / 일어납니다 / 안 일어납니다
5) 休息 / 쉽니다 / 안 쉽니다
6) 吃 / 먹습니다 / 안 먹습니다
7) 喝 / 마십니다 / 안 마십니다
8) 閱讀 / 읽습니다 / 안 읽습니다
9) 看 / 봅니다 / 안 봅니다
10) 見面 / 만납니다 / 안 만납니다
11) 買 / 삽니다 / 안 삽니다
12) 學習 / 배웁니다 / 안 배웁니다
13) 教 / 가르칩니다 / 안 가르칩니다
14) 寫 / 씁니다 / 안 씁니다
15) 聽 / 듣습니다 / 안 듣습니다
16) 穿 / 입습니다 / 안 입습니다
17) 洗 / 씻습니다 / 안 씻습니다
18) 做 / 합니다 / 안 합니다
19) 用餐 / 식사합니다 或 식사를 합니다 / 식사를 안 합니다
20) 讀書 / 공부합니다 或 공부를 합니다 / 공부를 안 합니다
21) 做功課 / 숙제합니다 或 숙제를 합니다 / 숙제를 안 합니다
22) 工作 / 일합니다 或 일을 합니다 / 일을 안 합니다
23) 上班 / 출근합니다 或 출근을 합니다 / 출근을 안 합니다
24) 下班 / 퇴근합니다 或 퇴근을 합니다 / 퇴근을 안 합니다
25) 運動 / 운동합니다 或 운동을 합니다 / 운동을 안 합니다
26) 做菜 / 요리합니다 或 요리를 합니다 / 요리를 안 합니다
27) 打掃 / 청소합니다 或 청소를 합니다 / 청소를 안 합니다
28) 洗衣服 / 빨래합니다 或 빨래를 합니다 / 빨래를 안 합니다
29) 泡澡 / 목욕합니다 或 목욕을 합니다 / 목욕을 안 합니다
30) 說 / 말합니다 或 말을 합니다 / 말을 안 합니다
31) 聊天 / 이야기합니다 或 이야기를 합니다 / 이야기를 안 합니다
32) 打電話 / 전화합니다 或 전화를 합니다 / 전화를 안 합니다
33) 唱歌 / 노래합니다 或 노래를 합니다 / 노래를 안 합니다
34) 逛街 / 쇼핑합니다 或 쇼핑을 합니다 / 쇼핑을 안 합니다

2

2) 차 --- 마시다 → 차를 마십니다.
3) 신문 --- 읽다 → 신문을 읽습니다.
4) 아침 --- 먹다 → 아침을 먹습니다.
5) 음악 --- 듣다 → 음악을 듣습니다.
6) 영화 --- 보다 → 영화를 봅니다.
7) 편지 --- 쓰다 → 편지를 씁니다.
8) 옷 --- 입다 → 옷을 입습니다.

3

1) 에 2) 에 3) 에서 4) 에서 5) 에 6) 에서 7) 에 8) 에서

4

1) 과 2) 와 3) 와 4) 과

5

1) 오늘은 일을 안 합니다. 쉽니다.
2) 저는 고기를 안 좋아합니다.

3) 교실에는 선생님과 학생이 있습니다.　　4) 연아 씨는 스케이트를 자주 탑니다.

6

1) 전화를 합니다.　　2) 청소를 합니다.　　3) 커피숍에서 커피를 마십니다.

4) 먹습니다 / 밥을

5) 아니요, 쇼핑을 안 합니다. 운동을 합니다.

6) 아니요, 노래를 안 합니다. 춤을 춥니다.

7

1) 엄마는 부엌에서 요리를 합니다.　　2) 아빠는 거실에서 텔레비전을 봅니다.

3) 언니는 욕실에서 목욕을 합니다.　　4) 저는 2층 방에서 책을 읽습니다.

5) 아니요, 오빠는 집에 없습니다.

【複習題目】第一課～第四課

1

1) 은, 는　　2) 도　　3) 가　　4) 의　　5) 에

6) 에, 에　　7) 에, 가　　8) 에서, 을　　9) 는, 를　　10) 는或가, 에서, 을

11) 에서, 과或하고, 를　　12) 를, 는　　13) 에, 와或하고

2

1) ③　2) ②　3) ④　4) ①　5) ③　6) ②

3

1) ②　2) ③　3) ④

4

1) ③　2) ④　3) ②　4) ①　5) ④　6) ②

5

1) ③　2) ①

6

1) 영화 감상입니다 或 영화 보기입니다 , 좋아합니까

2) 어디에 있습니까, 무엇을 삽니까

3) 누구의 것입니까, 정우 씨의 것이 아닙니다

7

1) 안녕하세요? 저는 진미혜입니다. **或** 저는 진미혜라고 합니다.

2) 어느 나라 사람입니까?

3) 저는 대만 사람입니다.

4) 만나서 반갑습니다.

5) 학생입니까?

6) 아니요, 저는 학생이 아닙니다. 회사원입니다.

7) 안녕히 가세요.

8) 안녕히 계세요.

9) 감사합니다. **或** 고마워요.

10) 아니에요.

11) 죄송합니다. **或** 미안해요.

12) 괜찮아요.

13) 이것은 무엇입니까? **或** 이것이 무엇입니까?

14) 이 책은 누구의 것입니까?

15) 가방 안에는 무엇이 있습니까?

16) 핸드폰하고 지갑이 있습니다.

17) 사전은 어디에 있습니까?

18) 사전은 책상 위에 있습니다.

19) 이 사람은 누구입니까?

20) 그 사람은 오빠의 여자 친구입니다. **或** 그 사람은 형의 여자 친구입니다.

21) 지금 어디에 갑니까?

22) 학교에 갑니다.

23) 오늘이 몇 월 며칠입니까? **或** 오늘은 몇 월 며칠입니까?

24) 얼마입니까? **或** 얼마예요?

25) 사무실은 몇 층에 있습니까? **或** 사무실은 몇 층입니까?

26) 핸드폰 번호는 몇 번입니까?

27) 생일이 언제입니까?

28) 생일 축하합니다. **或** 생일 축하해요.

29) 제 취미는 음악 감상입니다. **或** 제 취미는 음악 듣기입니다.

30) 무슨 운동을 좋아합니까?

31) 저는 수영만 좋아합니다. 다른 운동은 안 좋아합니다.

32) 무슨 음악을 자주 듣습니까?

33) 지금 무엇을 합니까?

34) 식당에서 저녁을 먹습니다.

35) 아주 맛있습니다.

|填字遊戲|

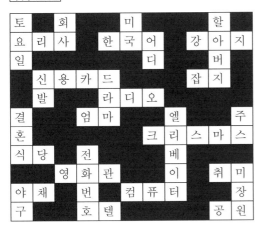

第五課　주말에 보통 뭐 해요?

1

2) 來 / 와요　　3) 睡 / 자요　　4) 起床 / 일어나요　　5) 休息 / 쉬어요

6) 吃 / 먹어요　　7) 喝 / 마셔요　　8) 閱讀 / 읽어요　　9) 看 / 봐요

10) 見面 / 만나요　　11) 買 / 사요　　12) 學習 / 배워요　　13) 教 / 가르쳐요

14) 寫 / 써요　　15) 聽 / 들어요　　16) 穿 / 입어요　　17) 洗 / 씻어요

18) 做 / 해요　　19) 用餐 / 식사해요 或 식사를 해요

20) 讀書 / 공부해요 或 공부를 해요　　21) 做功課 / 숙제해요 或 숙제를 해요

22) 工作 / 일해요 或 일을 해요　　23) 上班 / 출근해요 或 출근을 해요

24) 下班 / 퇴근해요 或 퇴근을 해요　　25) 運動 / 운동해요 或 운동을 해요

26) 做菜 / 요리해요 或 요리를 해요　　27) 打掃 / 청소해요 或 청소를 해요

28) 洗衣服 / 빨래해요 或 빨래를 해요　　29) 泡澡 / 목욕해요 或 목욕을 해요

30) 說 / 말해요 或 말을 해요　　31) 聊天 / 이야기해요 或 이야기를 해요

32) 打電話 / 전화해요 或 전화를 해요　　33) 唱歌 / 노래해요 或 노래를 해요

34) 逛街 / 쇼핑해요 或 쇼핑을 해요　　35) 坐 / 앉아요　　36) 住 / 살아요

37) 作、製造 / 만들어요　　38) 收到、得到 / 받아요　　39) 玩 / 놀아요

40) 送、給 / 줘요　　41) 跳（舞）/ 춰요　　42) 抽（菸）/ 피워요

43) 交、交往 / 사귀어요　　44) 分開、分手 / 헤어져요　　45) 結婚 / 결혼해요

46) 訂婚 / 약혼해요　　47) 離婚 / 이혼해요　　48) 出門 / 외출해요

49) 貴 / 비싸요　　50) 很多 / 많아요　　51) 好 / 좋아요

52) 不好 / 나빠요　　53) 痛、不舒服 / 아파요　　54) 忙 / 바빠요

55) 漂亮 / 예뻐요　　56) 高興 / 기뻐요　　57) 悲傷、悲哀 / 슬퍼요

2

1) 방에서 텔레비전을 봐요.　　2) 백화점에서 선물을 사요.

3) 학원에서 영어를 가르쳐요.　　4) 부엌에서 김치를 만들어요.

5) 커피숍에서 친구를 만나요.　　6) 화장실에서 손을 씻어요.

7) 공원에서 담배를 피워요.　　8) 할아버지댁에서 저녁을 먹어요.

9) 식당에서 친구하고 같이 식사해요. **或** 식당에서 친구랑 같이 식사해요.

10) 편의점에서 신문하고 음료수를 사요. **或** 편의점에서 신문이랑 음료수를 사요.

3

1) 얼마예요?　2) 이름이 뭐예요?　3) 이 안경은 누구 거예요?

4) 이건 제 카메라가 아니에요.　5) 생일 축하해요.　6) 지금 어디에 가요?

7) 오빠는 지금 집에 없어요.

8) 책상 위에 노트하고 연필이 있어요. **或** 책상 위에 노트랑 연필이 있어요.

9) 혜교 씨는 지금 뭐 해요?　　　10) 저는 소고기를 안 먹어요.

4

1) 마시　2) 쇼핑하고 싶어요.　3) 배우고 싶어요.　4) 가고 싶어요.

5) 결혼하고 싶어요.

5

1) 안 / 지 않아요.　2) 안 살아요. / 살지 않아요. / 살아요.

3) 안 좋아요. / 좋지 않아요. / 기분이 나빠요.

4) 지 않아요. / 싫어요. / 바다에 가고 싶어요.

5) 라면을 먹고 싶지 않아요. / 라면을 먹기 싫어요. / 빵을 먹고 싶어요.

6

1) 아무 것도 하기 싫어요.　2) 아무 것도 먹기 싫어요.

7

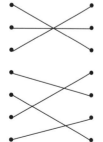

1) 이게 사과예요? 배예요? ---- 배예요.

2) 저거 사과예요? ---- 아니요, 사과가 아니에요.

3) 남자 친구 있어요? ---- 아니요, 없어요.

4) 지금 물을 마셔요? ---- 아니요, 마시지 않아요.

5) 커피 마시고 싶어요? ---- 아니요, 마시고 싶지 않아요.

6) 미혜 씨 전화번호 알아요? ---- 아니요, 몰라요.

7) 사무실이 3층 맞아요? ---- 네, 맞아요.

第六課　사과 한 개에 1,000원이에요.

1

2) 아홉 시 이십 분 3) 세 시 삼십오 분 4) 여섯 시 오 분 5) 네 시 사십오 분

6) 여덟 시 삼십 분 = 여덟 시 반 7) 열한 시 오십오 분 = 열두 시 오 분 전

8) 일곱 시 오십 분 = 여덟 시 십 분 전 9) 열두 시 = 열두 시 정각

2

1) 아침 아홉 시부터 열 시 반까지 영어 수업이 있어요.

2) 오후 다섯 시부터 밤 열한 시까지 PC방에서 아르바이트를 해요.

3

2) 커피 네 잔 3) 컴퓨터 한 대 4) 옷 다섯 벌 5) 책 두 권 6) 우표 여섯 장

7) 신발 네 켤레 8) 연필 일곱 자루 9) 곰 세 마리

4

1) 샌드위치 한 개 주세요.　　2) 사과 한 개하고 귤 세 개 주세요.

3) 저는 올해 스물두 살이에요. 4) 이 양말 얼마예요?

5) 이 카메라 한 대에 육십오만 원이에요.

5

1) 몇 시예요?　　2) 몇 명이에요?　3) 몇 살이에요?　　4) 무슨 띠예요?

5) 몇 권 있어요? 6) 몇 시간 자요?　7) 몇 시부터 몇 시까지 자요?

6

1) 가끔　2) 매일　3) 매주　4) 자주　5) 전혀 안

7

1) 일곱 시 삼십 분부터 여덟 시까지 아침 식사를 해요.

2) 아홉 시까지 출근을 해요.

3) 열두 시부터 한 시까지예요.

4) 한 시 십 분부터 회의를 해요.

5) 여섯 시 삽십 분에 시작해요.

6) 열 시까지 먹어요.

7) 한 시간 봐요.

第七課 친구에게 생일 선물을 줘요.

1

1) 운전을 하고 있어요. 2) 축구를 하고 있어요. 3) 있지 않아요. / 콜라를

4) 아니요, 창문을 열고 있지 않아요. 창문을 닫고 있어요.

5) 동건 씨가 소영 씨에게 선물을 주고 있어요.

2

2) 선생님이 학생에게 책을 줘요. 3) 나경 씨가 친구에게 전화를 해요.

4) 오빠가 여자 친구에게 편지를 써요.

5) 제가 회사 동료에게 이메일을 보내요.

3

1) 지난주부터 여행사에서 아르바이트를 하고 있어요.

2) 일주일에 한 번 남동생에게 영어를 가르쳐요.

4

2) 사진을 찍지 마세요. 3) 여기에서는 담배를 피우지 마세요.

4) 여기에서는 핸드폰을 사용하지 마세요.

5

1) 이거 주세요. 2) 창문을 닫으세요. 3) 많이 드세요. 4) 건강하세요.

6

2) 便宜 / 쌉니다 / 싸요

3) 好吃 / 맛있습니다 / 맛있어요

4) 不好吃 / 맛없습니다 / 맛없어요

5) 有趣、好看 / 재미있습니다 / 재미있어요

6) 無趣、不好看 / 재미없습니다 / 재미없어요

7) 大、（個子）高 / 큽니다 / 커요

8) 小、（個子）矮 / 작습니다 / 작아요

9) 多 / 많습니다 / 많아요

10) 少 / 적습니다 / 적어요

11) 長 / 길어요

12) 短 / 짧습니다 / 짧아요

13) 高（大樓、東西）/ 높습니다 / 높아요

14) 低（大樓、東西）/ 낮습니다 / 낮아요

15) 寬、寬大 / 넓습니다 / 넓어요

16) 窄、窄小 / 좁습니다 / 좁아요

17) 遠 / 멀어요

18) 近 / 가깝습니다 / 가까워요

19) 難 / 어렵습니다 / 어려워요

20) 容易 / 쉽습니다 / 쉬워요

21) 吵 / 시끄럽습니다 / 시끄러워요

22) 安靜 / 조용합니다 / 조용해요

23) 冷 / 춥습니다 / 추워요

24) 熱 / 덥습니다 / 더워요

25) 涼爽、涼快 / 시원합니다 / 시원해요

26) 溫暖 / 따뜻합니다 / 따뜻해요

27) 燙、熱 / 뜨겁습니다 / 뜨거워요

28) 冰、冷 / 차갑습니다 / 차가워요   29) （味道）辣 / 맵습니다 / 매워요

30) （味道）淡 / 싱겁습니다 / 싱거워요   31) 重 / 무겁습니다 / 무거워요

32) 輕 / 가볍습니다 / 가벼워요   33) 髒 / 더럽습니다 / 더러워요

34) 乾淨 / 깨끗합니다 / 깨끗해요   35) 美 / 아름답습니다 / 아름다워요

36) 可愛 / 귀엽습니다 / 귀여워요   37) 高興 / 반갑습니다 / 반가워요

7

1) 저는 한국 노래가 좋아요. **或** 저는 한국 노래를 좋아해요.

2) 오늘 날씨가 너무 더워요.

3) 이 사과는 한 개에 500원이에요. 전혀 안 비싸요.

8

1) 어서 오세요.   2) 네, 팔아요.   3) 잠시만 기다리세요.   4) 모두 얼마예요?

5) 좀 싸게 해 주세요.   6) 깎지 마세요.

第八課 우리 영화 보러 갈까요?

1

2) 백화점에 옷을 사러 가요.

     백화점에 옷을 사러 갈까요? / 백화점에 옷을 사러 갈래요?

3) 우체국에 편지를 부치러 가요.

     우체국에 편지를 부치러 갈까요? / 우리 내일 우체국에 편지를 부치러 갈래요?

4) 미장원에 파마를 하러 가요.

     미장원에 파마를 하러 갈까요? / 우리 내일 미장원에 파마를 하러 갈래요?

5) 저는 지금 중국집에 점심을 먹으러 가요.

     우리 내일 중국집에 점심을 먹으러 갈까요?

     우리 내일 중국집에 점심을 먹으러 갈래요?

6) 저는 지금 도서관에 책을 읽으러 가요.

     우리 내일 도서관에 책을 읽으러 갈까요?

     우리 내일 도서관에 책을 읽으러 갈래요?

7) 저는 지금 호동 씨 집에 놀러 가요.

     우리 내일 호동 씨 집에 놀러 갈까요?

     우리 내일 호동 씨 집에 놀러 갈래요?

2

1) 시간 있어요?　2) 식사할래요?　3) 미안해요.　4) 몇 시에 만날까요?

5) 어디에서 만날까요?　6) 기다릴게요.　7) 내일 봐요.

3

1) 저 먼저 갈게요.　2) 저 먼저 먹을게요.　3) 제가 도와줄게요.

4) 제가 돈을 빌려 줄게요.　5) 오늘 저녁은 제가 살게요.

4

1) 接收、收到 / 받아요 / 받으세요 / 받으러 가요 / 받을까요 / 받을래요 / 받을게요

2) 關 / 닫아요 / 닫으세요 / 닫으러 가요 / 닫을까요 / 닫을래요 / 닫을게요

3) 相信 / 믿어요 / 믿으세요 / 믿으러 가요 / 믿을까요 / 믿을래요 / 믿을게요

4) 聽 / 들어요 / 들으세요 / 들으러 가요 / 들을까요 / 들을래요 / 들을게요

5) 走（路） / 걸어요 / 걸으세요 / 걸으러 가요 / 걸을까요 / 걸을래요 / 걸을게요

6) 問 / 물어요 / 물으세요 / 물으러 가요 / 물을까요 / 물을래요 / 물을게요

5

1) 들어요.　2) 믿어요.　3) 들을까요?　4) 받으세요.　5) 닫으세요

6

2) 쉽고 재미있어요.

3) 비가 오고 추워요. = 비도 오고 추워요.

4) 맵지 않고 아주 맛있어요.

6) 형은 의사이고 동생은 운동선수예요.

7) 언니는 키가 크고 저는 키가 작아요.

8) 종국 씨는 노래를 부르고 효리 씨는 춤을 춰요.

10) 보통 퇴근하고 남자 친구랑 데이트해요.

11) 보통 저녁을 먹고 가족들하고 같이 텔레비전을 봐요.

12) 식사 먼저 하고 영화를 보러 가요.

【複習題目】第五課～第八課

1

1) 명　　2) 마리　　3) 권, 자루　　4) 잔　　5) 컵　　6) 벌

7) 켤레　8) 장　　9) 개, 병　　10) 송이　11) 쌍　　12) 대

2

1) ④ 2) ② 3) ③ 4) ① 5) ④ 6) ③ 7) ④ 8) ①

3

1) ④ 2) ③

4

1) ③ 2) ①

5

1) ② 2) ④

6

1) 이름이 뭐예요?

2) 저는 한국 사람이 아니에요.

3) 요즘 많이 바빠요?

4) 아니요, 안 바빠요. 或 아니요, 바쁘지 않아요.

5) 주말에 보통 뭐 해요?

6) 저는 일요일마다 등산을 가요.

7) 한국어를 배우고 싶어요.

8) 이번 연휴 때 친구랑 해외여행을 가고 싶어요. (친구랑＝친구하고＝친구와)

9) 같이 갈래요?

10) 아무 것도 먹고 싶지 않아요. 或 아무 것도 먹기 싫어요.

11) 수업이 오전이에요? 오후예요?

12) 정말이에요? 或 진짜예요?

13) 지금 몇 시예요?

14) 보통 몇 시에 퇴근해요?

15) 몇 살이에요?

16) 저는 올해 스무 살이에요.

17) 가족이 몇 명이에요?

18) 부모님하고 저, 여동생 해서 모두 4명이에요.

19) 이 카메라 얼마예요?

20) 이 공책 한 권에 천 원이에요.

21) 사과 세 개 주세요.

22) 우리 오늘 같이 저녁 식사해요.

23) 오후 두 시부터 여섯 시까지 아르바이트를 해요.

24) 저는 매일 커피를 마셔요.

25) 얼마나 자주 운동을 해요?

26) 한 달에 두 번 정도 영화를 봐요.

27) 저는 하루에 여덟 시간 정도 자요.

28) 지금 뭐 하고 있어요?

29) 지난주부터 다이어트를 하고 있어요.

30) 친구에게 생일 선물을 줘요.

31) 여자 친구에게 목걸이를 선물하고 싶어요. 或 여자 친구에게 목걸이를 주고 싶어요.

32) 회사 동료에게 전화를 해요.

33) 먼저 드세요.

34) 잠시만 기다리세요. 或 잠깐만 기다리세요.

35) 늦지 마세요.

36) 여기에서는 담배를 피우지 마세요.

37) 행복하세요.

38) 건강하세요

39) 감기 조심하세요.

40) 새해 복 많이 받으세요.

41) 여기 김치 팔아요?

42) 너무 비싸요. 좀 싸게 해 주세요.

43) 도서관에 공부하러 가요.

44) 내일 시간 있어요?

45) 우리 집에 놀러 올래요?

46) 몇시에 만날까요?

47) 뭐 먹을까요?

48) 저 먼저 갈게요.

49) 제가 표를 예매할게요.

50) 이 식당 음식은 싸고 맛있어요.

51) 저는 회사원이고 동생은 학생이에요.

52) 우리 퇴근하고 쇼핑하러 가요.

53) 좋은 생각이에요.

填字遊戲

교		맛			에		추		
재	미	있	어	요		어	려	워	요
		어		즘		컨			요
아	파	요		사					
르			비	싸	다		감	기	
바	쁘	다			귀		다		
이		이	메	일	여	름	려		
트		어		어		워		화	요	일
	노	트		나	빠	요		장		어
	래			다		교	실		나
	방	학			동	창	회		다

第九課　세수를 한 후에 이를 닦았어요.

1

	動詞原型	過去	現在	未來
1	가다	갔어요	가요	갈 거예요
2	오다	왔어요	와요	올 거예요
3	자다	잤어요	자요	잘 거예요
4	일어나다	일어났어요	일어나요	일어날 거예요
5	앉다	앉았어요	앉아요	앉을 거예요
6	사다	샀어요	사요	살 거예요
7	살다	살았어요	살아요	살 거예요
8	만들다	만들었어요	만들어요	만들 거예요
9	놀다	놀았어요	놀아요	놀 거예요
10	받다	받았어요	받아요	받을 거예요
11	주다	줬어요	줘요	줄 거예요
12	먹다	먹었어요	먹어요	먹을 거예요
13	마시다	마셨어요	마셔요	마실 거예요

14	(사진을) 찍다	찍었어요	찍어요	찍을 거예요
15	배우다	배웠어요	배워요	배울 거예요
16	가르치다	가르쳤어요	가르쳐요	가르칠 거예요
17	준비하다	준비했어요	준비해요	준비할 거예요
18	기다리다	기다렸어요	기다려요	기다릴 거예요
19	만나다	만났어요	만나요	만날 거예요
20	사귀다	사귀었어요	사귀어요	사귈 거예요
21	헤어지다	헤어졌어요	헤어져요	헤어질 거예요
22	닫다	닫았어요	닫아요	닫을 거예요
23	열다	열었어요	열어요	열 거예요
24	입다	입었어요	입어요	입을 거예요
25	벗다	벗었어요	벗어요	벗을 거예요
26	쓰다	썼어요	써요	쓸 거예요
27	쉬다	쉬었어요	쉬어요	쉴 거예요
28	일하다	일했어요	일해요	일할 거예요
29	공부하다	공부했어요	공부해요	공부할 거예요
30	숙제하다	숙제했어요	숙제해요	숙제할 거예요
31	식사하다	식사했어요	식사해요	식사할 거예요
32	운동하다	운동했어요	운동해요	운동할 거예요
33	집안일하다	집안일했어요	집안일해요	집안일할 거예요
34	청소하다	청소했어요	청소해요	청소할 거예요
35	빨래하다	빨래했어요	빨래해요	빨래할 거예요
36	세수하다	세수했어요	세수해요	세수할 거예요
37	전화하다	전화했어요	전화해요	전화할 거예요
38	쇼핑하다	쇼핑했어요	쇼핑해요	쇼핑할 거예요
39	구경하다	구경했어요	구경해요	구경할 거예요
40	외출하다	외출했어요	외출해요	외출할 거예요
41	산책하다	산책했어요	산책해요	산책할 거예요
42	운전하다	운전했어요	운전해요	운전할 거예요
43	결혼하다	결혼했어요	결혼해요	결혼할 거예요

44	시작하다	시작했어요	시작해요	시작할 거예요
45	끝나다	끝났어요	끝나요	끝날 거예요
46	출발하다	출발했어요	출발해요	출발할 거예요
47	도착하다	도착했어요	도착해요	도착할 거예요
48	듣다	들었어요	들어요	들을 거예요
49	걷다	걸었어요	걸어요	걸을 거예요
50	묻다	물었어요	물어요	물을 거예요

	形容詞原型	過去	現在	未來（推測）
1	비싸다	비쌌어요	비싸요	비쌀 거예요
2	싸다	쌌어요	싸요	쌀 거예요
3	맛있다	맛있었어요	맛있어요	맛있을 거예요
4	맛없다	맛없었어요	맛없어요	맛없을 거예요
5	재미있다	재미있었어요	재미있어요	재미있을 거예요
6	재미없다	재미없었어요	재미없어요	재미없을 거예요
7	크다	컸어요	커요	클 거예요
8	작다	작았어요	작아요	작을 거예요
9	많다	많았어요	많아요	많을 거예요
10	적다	적었어요	적어요	적을 거예요
11	길다	길었어요	길어요	길 거예요
12	짧다	짧았어요	짧아요	짧을 거예요
13	멀다	멀었어요	멀어요	멀 거예요
14	가깝다	가까웠어요	가까워요	가까울 거예요
15	어렵다	어려웠어요	어려워요	어려울 거예요
16	쉽다	쉬웠어요	쉬워요	쉬울 거예요
17	시끄럽다	시끄러웠어요	시끄러워요	시끄러울 거예요
18	조용하다	조용했어요	조용해요	조용할 거예요
19	춥다	추웠어요	추워요	추울 거예요
20	덥다	더웠어요	더워요	더울 거예요
21	시원하다	시원했어요	시원해요	시원할 거예요

22	따뜻하다	따뜻했어요	따뜻해요	따뜻할 거예요
23	더럽다	더러웠어요	더러워요	더러울 거예요
24	깨끗하다	깨끗했어요	깨끗해요	깨끗할 거예요
25	귀엽다	귀여웠어요	귀여워요	귀여울 거예요
26	예쁘다	예뻤어요	예뻐요	예쁠 거예요
27	바쁘다	바빴어요	바빠요	바쁠 거예요
28	아프다	아팠어요	아파요	아플 거예요

2

1) ①갔어요. ②샀어요. ③비쌌어요. ④했어요. ⑤먹었어요. ⑥맛있었어요.

2) ①이에요. ②할 거예요. ③초대할 거예요. ④준비할 거예요. ⑤갈 거예요. ⑥볼 거예요.

3

1) 영화표를 산 / 친구를 만나기

2) 청소를 한 후에 빨래를 했어요. / 빨래를 하기 전에 청소를 했어요.

3) 손을 씻은 / 빵을 먹기

4) 이를 닦은 후에 옷을 입을 거예요. / 옷을 입기 전에 이를 닦을 거예요.

4

1) 우리 이모는 예전에 가수였어요.

2) 이곳은 예전에 병원이었어요. **或** 여기는 예전에 병원이었어요.

3) 조금 전에 커피를 마셨어요.

4) 며칠 전에 새 핸드폰을 샀어요.

5) 얼마 전에 남자 친구하고 헤어졌어요.

5

2) 맵지만 맛있어요.

3) 조금 어렵지만 재미있어요.

4) 어제는 추웠지만 오늘은 더워요.

5) 저번 시험은 어려웠지만 이번 시험은 쉬웠어요.

6

1) 한국에 한국어를 배우러 왔습니다.

2) 2년 동안 한국어를 배웠습니다.

3) 3년 반 동안 사귀었습니다. **或** 3년 6개월 동안 사귀었습니다.

4) 여행사에서 일했습니다.

第十課 집에서 회사까지 버스로 30분 걸려요.

1

1) 로, 으로 2) 에, 어떻게, 으로, 에 3) 로, 으로 4) 로, 부터, 로

5) 에서, 까지, 로 6) 얼마나, 정도

2

1) 이거 주세요. / 이것으로 주세요. / 이걸로 주세요.

2) 한국 돈으로 바꿔 주세요.

3) 이거 한국어로 뭐라고 해요?

4) 저녁으로 라면을 먹었어요.

3

2) 회사에서 영화관까지 지하철로 가요.   ※영화관＝극장

　회사에서 영화관까지 지하철을 타고 가요.

　회사에서 영화관까지 지하철로 30분 정도 걸려요.

3) 호텔에서 공항까지 택시로 가요.

　호텔에서 공항까지 택시를 타고 가요.

　호텔에서 공항까지 택시로 1시간 정도 걸려요.

4) 대만에서 한국까지 비행기로 가요.

　대만에서 한국까지 비행기를 타고 가요.

　대만에서 한국까지 비행기로 2시간 10분 정도 걸려요.

4

2) 있을 거예요. 3) 6시쯤 돌아올 거예요. 4) 많이 어려울 거예요.

5) 조금 추울 거예요. 6) 재미있을 거예요. 7) 일본 사람일 거예요.

8) 커피숍에 있을 거예요.

5

2) 동대문 시장에서 옷을 산 적 있어요.

　＝ 동대문 시장에서 옷을 사 봤어요.

3) 편의점에서 아르바이트를 한 적 있어요.

　＝ 편의점에서 아르바이트를 해 봤어요.

4) 경복궁에서 한복을 입고 사진을 찍은 적 있어요.

　＝ 경복궁에서 한복을 입고 사진을 찍어 봤어요.

5) 일본에서 산 적 있어요.

　＝ 일본에서 살아 봤어요.

6

1) ① 쭉 가세요.=곧장 가세요.=똑바로 가세요. ② 길을 건너세요. ③ 오른쪽으로
   ④ 옆에 있어요.=오른쪽에 있어요.

2) ① 쭉 가세요. ② 오른쪽으로 돌아간 ③ 쭉 가세요. ④ 길을 건넌 ⑤ 길을 건너세요.
   ⑥ 사이에 있어요.

第十一課　날씨가 좋으면 등산을 가려고 해요.

1

2) 햄버거를 먹으려고 해요.

3) 식당에서 아르바이트를 하려고 해요.

4) 다음 달 중순에 이사하려고 해요.

5) 오늘부터 다이어트를 하려고 해요.

6) 음악을 들으려고 해요.

2

2) 대만에 오면 저한테 연락하세요.

3) 결혼을 하면 어디로 신혼여행을 가고 싶어요?

4) 시원 씨 집 주소를 알면 좀 가르쳐 주세요.

5) 더우면 에어컨을 켜세요.

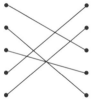

3

2) 한국말을 할 수 있어요. / 한국말을 할 수 없어요.

   한국말을 잘해요. / 한국말을 조금 해요. / 한국말을 잘 못해요 / 한국말을 못해요.

3) 피아노를 칠 수 있어요. / 피아노를 칠 수 없어요.

   피아노를 잘 쳐요. / 피아노를 조금 쳐요. / 피아노를 잘 못 쳐요. / 피아노를 못 쳐요.

4) 자전거를 탈 수 있어요. / 자전거를 탈 수 없어요.

   자전거를 잘 타요. / 자전거를 조금 타요. / 자전거를 잘 못 타요. / 자전거를 못 타요.

4

1) 네, 잘해요.

2) 호동 씨가 요리를 할 수 있어요.

3) 아니요, 못 그려요.

4) 네, 탈 수 있어요.

5) 아니요, 할 수 없어요.

5

1) 가르쳐 / 가르쳐
2) 빌려 줄까요? / 빌려 주세요.
3) 닫아 줄까요? / 닫아 주세요.
4) 소개해 줄까요? / 소개해 주세요.

6

2) 정우 씨가 미혜 씨에게 영어를 가르쳐 줬어요.
3) 다영 씨가 정우 씨에게 미국 친구를 소개해 줬어요.
4) 정우 씨가 다영 씨에게 저녁을 사 줬어요.
5) 미혜 씨가 다영 씨에게 책을 빌려 줬어요.
6) 다영 씨가 미혜 씨에게 잡채를 만들어 줬어요.

7

1) 올해에는 담배를 끊으려고 해요.
2) 이번에 보너스를 받으면 뭘 사고 싶어요?
3) 제가 같이 가 줄까요?
4) 좀 도와주세요.
5) 제가 도와줄게요.

8

②

第十二課 더 작은 사이즈를 입어 보세요.

1

2) 아파 보여요.   3) 맛있어 보여요.   4) 행복해 보여요.
5) 더워 보여요.   6) 무거워 보여요.

2

2) 한국 친구가 일본 친구보다 더 많아요.   3) 중국어를 영어보다 더 잘해요.
4) 고기를 생선보다 더 좋아해요.   5) 공포 영화를 액션 영화보다 더 자주 봐요.

3

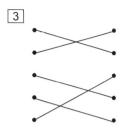

2) A : 이 옷은 조금 작아요. / B : 그래요? 그럼 더 큰 사이즈 옷을 입어 보세요.

3) A : 감기에 걸렸어요. / B : 그래요? 그럼 이 약을 한번 드셔 보세요.

4) A : 시원 씨 전화번호를 알고 싶어요. / B : 그래요? 그럼 신동 씨에게 물어 보세요.

5) A : 저는 얼굴이 너무 커 보여요. / B : 그래요? 그럼 앞머리를 잘라 보세요.

4

	原型	形容詞＋名詞		原型	形容詞＋名詞
1	비싸다	비싼 옷	31	무겁다	무거운 가방
2	싸다	싼 옷	32	가볍다	가벼운 가방
3	맛있다	맛있는 과자	33	더럽다	더러운 방
4	맛없다	맛없는 과자	34	깨끗하다	깨끗한 방
5	재미있다	재미있는 드라마	35	아름답다	아름다운 경치
6	재미없다	재미없는 드라마	36	귀엽다	귀여운 아이
7	크다	큰 키	37	반갑다	반가운 손님
8	작다	작은 키	38	날씬하다	날씬한 친구
9	많다	많은 돈	39	뚱뚱하다	뚱뚱한 친구
10	적다	적은 돈	40	예쁘다	예쁜 여자
11	길다	긴 치마	41	착하다	착한 여자
12	짧다	짧은 치마	42	섹시하다	섹시한 여자
13	높다	높은 산	43	멋있다	멋있는 남자
14	낮다	낮은 산	44	잘생기다	잘생긴 남자
15	넓다	넓은 길	45	같다	같은 색깔
16	좁다	좁은 길	46	비슷하다	비슷한 색깔
17	멀다	먼 나라	47	다르다	다른 색깔
18	가깝다	가까운 나라	48	빠르다	빠른 노래
19	어렵다	어려운 시험	49	느리다 (慢)	느린 노래

20	쉽다	쉬운 시험	50	건강하다	건강한 사람
21	시끄럽다	시끄러운 곳	51	행복하다	행복한 사람
22	조용하다	조용한 곳	52	피곤하다	피곤한 사람
23	춥다	추운 날씨	53	젊다	젊은 사람
24	덥다	더운 날씨	54	어리다	어린 학생
25	시원하다	시원한 물	55	무섭다	무서운 영화
26	따뜻하다	따뜻한 물	56	편하다	편한 신발
27	뜨겁다	뜨거운 커피	57	유명하다	유명한 식당
28	차갑다	차가운 우유	58	친절하다	친절한 식당
29	맵다	매운 음식	59	짜다	짠 맛
30	싱겁다	싱거운 음식	60	달다	단 맛

5

1) 슬픈 영화를 좋아해요. 2) 아니요, 무서운 영화를 좋아해요.

3) 단 음식을 좋아해요. 4) 마음씨가 착하고 키가 작은 여자를 좋아해요.

5) 아니요, 호동 씨는 예쁘고 날씬한 여자를 좋아해요.

6

2) 늦게 일어나서 지각했어요. 3) 비가 많이 와서 안 갔어요.

4) 기분이 나빠서 마셨어요. 5) 너무 아파서 안 갔어요.

7

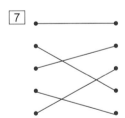

2) 이따가 친구를 만나서 영화를 볼 거예요.

3) 두부와 돼지고기를 사서 김치찌개를 만들었어요.

4) 한국에 가서 1년 동안 한국어를 배워 보고 싶어요.

5) 서울역에서 내려서 1번 출구로 나오세요.

8

1) 어느 것이 더 예뻐요? / 或 어느 게 더 예뻐요?

2) 오빠가 저보다 3살이 (더) 많아요. / 或 형이 저보다 3살이 (더) 많아요.

3) 제일 좋아하는 운동이 뭐예요?

4) 저는 과일 중에서 딸기를 제일 좋아해요. / 或 저는 과일 중에서 딸기가 제일 좋아요.

5) 저는 한국 드라마를 좋아해서 5개월 전부터 한국어를 배우고 있어요.

9

1) 비행기가 기차보다 더 빨라요.   2) 뜨거운 커피 한 잔 마시고 싶어요.

3) 김치는 매워서 못 먹어요.   4) 남자 친구가 꽃을 사서 저에게 줬어요.

5) 이 노래 한번 불러 보세요.

【複習題目】第九課～第十二課

1

1) 에서, 에서   2) 부터, 까지   3) 로   4) 으로   5) 로

6) 에서, 까지   7) 보다   8) 에   9) 에게   10) 에서

2

1) 안   2) 못   3) 안   4) 못   5) 안

3

1) ②   2) ④   3) ②   4) ①   5) ③   6) ③   7) ②   8) ④   9) ③   10) ②

4

1) ②   2) ④

5

1) ④   2) ①

6

1) 고모는 예전에 가수였어요.

2) 이번 주말에 뭐 할 거예요?

3) 저는 내년 봄에 결혼할 거예요.

4) 며칠 전에 노트북을 샀어요.

5) 자기 전에 라디오를 들을 거예요.

6) 졸업 후에 한국 회사에서 일하고 싶어요.

7) 수업이 끝난 후에 아르바이트를 했어요.

8) 저녁을 먹은 후에 숙제를 할 거예요.

9) 이 가방은 예쁘지만 너무 비싸요.

10) 어제는 추웠지만 오늘은 전혀 안 추워요.

11) 주말 잘 보내세요.

12) 여행 잘 다녀오세요.

13) 잘 먹겠습니다. **或** 잘 먹을게요.

14) 잘 먹었습니다. **或** 잘 먹었어요.

15) 다음 주에 일본으로 여행 갈 거예요.

16) 이거 한국어로 뭐라고 해요?

17) 생일 선물로 화장품을 받았어요.

18) 집에서 학교까지 버스로 20분 정도 걸려요.

19) 여기에서 동물원까지 어떻게 가요?

20) 지하철을 타고 가세요. **或** 지하철로 가세요.

21) 한국에 간 적 있어요. **或** 한국에 가 봤어요.

22) 한복을 입은 적 없어요. **或** 한복을 안 입어 봤어요.

23) 예전에 미국에서 산 적 있어요.

24) 이 옷이 저한테 어울릴까요?

25) 내일 비가 올까요?

26) 이 영화 재미있을 거예요.

27) 내일도 많이 추울 거예요.

28) 길을 잃었어요. 좀 도와주세요.

29) 다음 달에 한국으로 어학연수를 가려고 해요.

30) 대만에 오면 연락 주세요.

31) 더우면 에어컨을 켜세요.

32) 운전할 수 있어요?

33) 저는 영어를 잘해요.

34) 저는 피아노를 조금 쳐요.

35) 서는 한국어를 잘 못해요.

36) 저는 노래를 못 불러요. **或** 저는 노래를 못해요.

37) 제가 도와줄까요? **或** 제가 도와드릴까요?

38) 제가 도와줄게요. **或** 제가 도와드릴게요.

39) 문 좀 닫아 주세요.

40) 연락처 좀 알려 주세요.

41) 이거 포장해 주세요. **或** 이거 싸 주세요.

42) 걱정이에요. **或**걱정돼요.

43) 이거 (아주) 맛있어 보여요.

44) 이 옷을 입으면 더 날씬해 보여요.

45) 지하철이 버스보다 빨라요.

46) 이거 한번 드셔 보세요. **或** 이거 한번 먹어 봐요.

47) 저는 키가 큰 남자가 좋아요.

48) 저는 머리가 긴 여자가 좋아요.

49) 저는 매운 음식을 좋아해요.

50) 한국 드라마를 좋아해서 한국어를 배워요.

51) 어제는 아파서 학교에 못 갔어요.

52) 백화점에 가서 청바지를 샀어요.

53) 너무 커 보여요. 더 작은 건 없어요?

54) 마음에 들어요. 이걸로 주세요.

填字遊戲

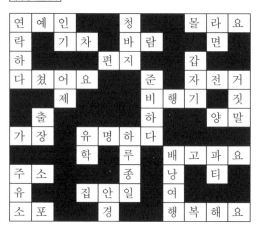